– GLI ELETTI –

Alter Ego

Lewis Carrol

Alice nel paese delle meraviglie

alter ego

Alter Ego Edizioni

Collana: Gli Eletti

I edizione: maggio 2014

III edizione: giugno 2020

ISBN 978-88-9333-095-4

Progetto grafico: Luca Verduchi

Liberamente adattato dalla traduzione di Silvio Spaventa Filippi del 1914.

1
Nella tana del Bianconiglio

Alice cominciava a sentirsi assai stanca di star seduta sulla collinetta accanto a sua sorella senza far niente. Una o due volte aveva dato un'occhiata al libro che la sorella stava leggendo, ma non c'erano né dialoghi né figure.

"A che serve un libro senza dialoghi né figure?" pensò Alice.

Si stava domandando con poca convinzione – perché l'afa l'aveva assonnata e frastornata – se valesse la pena di alzarsi e raccogliere fiori per divertirsi a fare una ghirlanda, quando un coniglio bianco dagli occhi rosei le passò accanto, quasi sfiorandola.

Non c'era da meravigliarsene, né Alice pensò che fosse così strano sentire parlare quel Bianconiglio, il quale diceva fra sé: «Ahimè! Ahimè! Ho fatto tardi!».

A dire il vero in seguito se ne ricordò e s'accorse che avrebbe dovuto meravigliarsene, ma allora le sembrò una cosa naturalissima.

Tuttavia, quando il Bianconiglio trasse un orologio dal taschino della sottoveste e lo consultò, mettendosi a scappare, Alice saltò in piedi pensando di non aver mai visto un coniglio con la sottoveste e il taschino, né con un orologio da tirare fuori. Piena di curiosità attraversò il campo correndogli dietro e arrivò appena in tempo per vederlo entrare in una spaziosa tana sotto la siepe. Un istante dopo, Alice scivolava giù andandogli appresso, senza pensare a come avrebbe fatto poi a uscirne.

La buca della tana del Bianconiglio filava dritta come una galleria, poi sprofondava così improvvisamente che Alice pensò non si sarebbe mai fermata: cadde giù rotolando in una specie di precipizio che somigliava a un pozzo profondissimo. Delle due, l'una: o il pozzo era straordinariamente profondo o lei ruzzolava giù con grande lentezza, perché ebbe tempo, cadendo, di guardarsi intorno e di considerare, meravigliata, le conseguenze. Aguzzò la vista e cercò di fissare il fondo per scoprire qualche cosa; ma era buio pesto e risultava assai difficile. Guardò le pareti del pozzo e s'accorse che erano rivestite di scaffali di biblioteche; sparse qua e là si scorgevano mappe e quadri attaccati a dei chiodi. Mentre continuava a scivolare, afferrò un barattolo e lesse l'etichetta che riportava "MARMELLATA D'ARANCE" ma, con sua gran delusione, era vuoto. Non volle lasciar cadere il barattolo per evitare di colpire chi si fosse trovato in basso, e quando arrivò più giù, lo depose su un altro scaffale.

"Bene" pensava Alice, "dopo una caduta come questa, se mai mi capitasse di ruzzolare per le scale, mi sembrerà un'inezia. A casa, poi, come mi crederanno coraggiosa! Anche cadere dal tetto non mi farebbe nessun effetto!".

Non era lontana dal vero.

E giù, e giù, e giù! Non finiva mai quella caduta?

«Chissà quante miglia ho fatto a quest'ora!» esclamò Alice. «Forse sto per toccare il centro della terra. Già saranno più di quattrocento miglia di profondità».

Alice a scuola aveva appreso molte informazioni in merito a questo tema, ma quello non era il momento propizio per sfoggiare la sua erudizione, anche perché nessuno la stava ascoltando. Ad ogni modo, fare un bel ripasso mentale era sempre utile.

«Sì, sarà questa la vera distanza, o pressappoco... vorrei solo sapere a quale grado di latitudine o di longitudine sono arrivata».

Alice in realtà non sapeva cosa fossero la latitudine o la longitudine, ma le piaceva molto pronunciare quelle parole altisonanti! Passò qualche minuto e poi ricominciò:

«Forse sto attraversando la terra! Sarebbe divertente ritrovarmi là, tra la gente che cammina a testa in giù! Credo che si chiamino gli... *Antipati*».

Fu lieta che in quel momento non la sentisse nessuno, perché quella parola non le suonava bene.

«Domanderei subito come si chiama il loro paese... Per piacere, signore, è questa la Nuova Zelanda? O l'Australia?» e cercò di fare un inchino mentre parlava. Figurarsi, fare un inchino mentre si casca giù a rotta di collo! Dite, ce la fareste voi a fare un inchino?

«Ma se farò una domanda simile mi prenderanno per

sciocca. No, non la farò: forse troverò il nome scritto da qualche parte».

E sempre giù, e sempre giù, e sempre giù! Non avendo nulla da fare, Alice ricominciò a parlare:

«Stanotte Dina mi cercherà». Dina era la sua gatta. «Spero che si preoccuperanno di darle il latte quando sarà l'ora del tè. Oh, mia cara Dina! Vorrei che tu fossi qui con me! In aria non ci sono topi, ma ti potresti beccare un pipistrello: i pipistrelli somigliano ai topi. Ma i gatti, poi, mangiano i pipistrelli?».

Poi Alice cominciò a sonnecchiare, e fra sonno e veglia continuò a dire fra i denti:

«I gatti, poi, mangiano i pipistrelli? I gatti, poi, mangiano i pipistrelli?». E a volte: «I pipistrelli mangiano i gatti?» perché non potendo rispondere né all'una né all'altra domanda, non le importava di dirla in un modo o nell'altro. Nel dormiveglia stava sognando di andare a braccetto con Dina dicendole con faccia seria: «Dina, dimmi la verità, hai mai mangiato un pipistrello?» quando, *patapunfete!*, si trovò improvvisamente su un mucchio di frasche e la sua caduta si arrestò.

Non si era fatta male e saltò in piedi, svelta. Guardò in alto, era buio: ma davanti a sé vide un lungo corridoio, nel quale il Bianconiglio camminava frettolosamente. Non c'era tempo da perdere: Alice, come se avesse le ali, gli corse dietro e lo sentì esclamare, svoltando l'angolo:

«Dannazione! Ho fatto veramente tardi!».

Stava per raggiungerlo, ma dopo una curva del corridoio non lo vide più. Si ritrovò in una sala lunga e bassa, illuminata da una fila di lampade appese alla volta. Intorno alla sala c'erano delle porte, ma tutte chiuse. Alice andò su e giù, bussando e cercando di farsene aprire almeno una, ma invano, e malinconicamente si mise a passeggiare in mezzo alla sala, pensando a come venirne fuori.

A un tratto si trovò accanto a un tavolinetto con tre piedi, fatto di solido vetro: su di esso c'era una chiavetta d'oro. Alice pensò subito che la chiavetta appartenesse a una di quelle porte, ma, ahimè: o le toppe erano troppo grandi o la chiavetta era troppo piccola. Fatto sta che non poté aprirne alcuna. Fatto un secondo giro nella sala, capitò davanti a una tendina bassa che non aveva ancora visto: dietro c'era una porticina alta una trentina di centimetri: provò nella toppa la chiavettina d'oro, e con molta gioia vide che entrava a puntino!

Aprì l'uscio e posò lo sguardo su un piccolo corridoio, largo quanto una tana da topi: s'inginocchiò e scorse al di là dal corridoio il più bel giardino del mondo. Oh, quanto desiderò uscire da quella sala buia per correre su quei prati pieni di splendidi fiori, e lungo le fresche acque delle fontane; ma non c'era modo di infilare neppure il capo nella buca.

"Se almeno potessi farci passare la testa!» pensava la povera Alice. «Ma a che servirebbe poi, se non posso farci passare le spalle? Se solo potessi chiudermi come un telescopio! Come mi piacerebbe! Ma come si fa?».

Non poteva far altro che cercare una soluzione. D'altronde le erano accadute così tante cose straordinarie... ormai Alice aveva cominciato a credere che poche fossero quelle impossibili! Ma a che serviva star lì piantata davanti all'uscio? Tornò così verso il tavolinetto, con la speranza di poter trovare un'altra chiave, o almeno un libro che le indicasse la maniera di contrarsi a mo' di cannocchiale: vi trovò invece un'ampolla.

«Di certo prima non c'era» disse Alice.

Su di essa c'era un cartellino che recitava a lettere ben chiare: "BEVIMI".

«Bevimi... facile a dirsi!».

Alice, che era una bambina prudente, non volle bere.

«Voglio vedere se c'è scritto "veleno"» disse, perché aveva letto molti raccontini intorno a fanciulli ch'erano stati bruciati e mangiati vivi da bestie feroci, e cose simili, il tutto perché non erano stati prudenti e non s'erano ricordati degli insegnamenti ricevuti a casa e a scuola. Come, per esempio, di non toccare i tizzoni ardenti perché scottano; di non maneggiare il coltello perché taglia e dalla ferita esce il sangue; e non aveva dimenticato quell'altro avvertimento: "Se bevi da una bottiglia che porta la scritta 'Veleno', prima o poi ti sentirai male".

Ma quell'ampolla non aveva l'iscrizione "Veleno". Quindi Alice decise di correre il rischio e ne bevve un sorso. Era una bevanda deliziosa – aveva un sapore misto di torta di ciliegie, crema, ananas, gallinaccio arrosto, torrone, e crostini imburrati – e la tracannò in una sorsata.

«Che sensazione strana!» disse Alice. «Mi sembra di contrarmi come un cannocchiale!».

Proprio così. Si era ridotta a una ventina di centimetri d'altezza, e il suo grazioso visino s'irradiò pensando che finalmente si era contratta alla giusta statura per passare attraverso quella porticina e uscire in giardino.

Prima attese qualche minuto per vedere se l'effetto fosse esaurito. Provava un certo sgomento per quella repentina riduzione:

"Alla fine, chissà, potrei rimpicciolirmi tanto da sparire come una candela" si disse Alice. "E allora a chi somiglierei?". E cercò di farsi un'idea dell'aspetto della fiamma di una candela spenta, perché non ricordava di aver visto mai niente di simile.

Passò qualche momento, e poi vedendo che non avveniva nient'altro, si preparò a uscire in giardino. Ma, povera Alice, quando di fronte alla porticina si accorse di aver dimenticato la chiavetta d'oro, e quando corse al tavolo dove l'aveva lasciata, scoprì che non poteva più arrivarci: vedeva chiaramente la chiave attraverso il vetro, e si sforzò di arrampicarsi a una delle gambe del tavolo e di salirvi, ma era troppo scivoloso. Dopo essersi affaticata invano per superare quella difficoltà, la poverina si sedette in terra e pianse.

"Sì, ma a che serve abbandonarsi al pianto?" si disse Alice. "Ti consiglio invece, cara mia, di finirla con questo frignare!".

Di solito si dava dei buoni consigli – benché raramente poi li seguisse – e a volte si rimproverava con tanta severità da mettersi a piangere. Ricordò che una volta era sul punto di schiaffeggiarsi per aver rubato dei punti in una partita di croquet giocata contro se stessa, perché quella strana fanciulla si divertiva a credere di… essere in due.

"Ma ora è inutile fare finta di essere in due" pensò la povera Alice, "mi resta appena tanto da formare un'unica bambina".

A un tratto vide, sotto il tavolo, una cassettina di cristallo. L'aprì e trovò un pasticcino, sul quale in bei caratteri composti da uva sultanina c'era scritto "MANGIAMI".

«Bene! Lo mangerò» si disse Alice. «Se mi farà crescere molto, giungerò ad afferrare la chiavetta, e se mi farà rimpicciolire mi insinuerò sotto la porticina: in un modo o nell'altro arriverò nel giardino, e poi sarà quel che sarà!».

Ne mangiò un pezzetto, e, mettendosi la mano in testa, esclamò ansiosa:

«Ecco, ecco!» per avvertire il suo cambiamento; ma restò sorpresa nel vedersi della stessa statura. Avviene sempre così a coloro che mangiano pasticcini; ma Alice s'era tanto abituata ad assistere a cose straordinarie, che le sembrava stupido che la vita si svolgesse in modo naturale. Tornò alla carica e in pochi istanti divorò tutto il pasticcino.

2
Un lago di lacrime

«Stranissimo, e sempre più stranissimo!» esclamò Alice: era talmente tanta la sua meraviglia che non sapeva più parlare correttamente. «Mi allungo come un cannocchiale, come il più grande cannocchiale del mondo! Addio piedi!» esclamò perché, appena si guardò i piedi, le sembrò di perderli di vista, tanto s'allontanavano.

"Oh, i miei poveri piedi! Chi riuscirà più a infilarsi le calze o a mettersi le scarpe? Io non potrò più farlo! Sarò tanto lontana che non potrò più pensare a voi: bisogna che vi adattiate. Eppure bisognerebbe che io li trattassi bene" pensò Alice, "sennò, non vorranno andare dove voglio io! Vediamo un po'... ogni anno a Natale regalerò loro un bel paio di stivaletti!".

E andava mulinando nel cervello come dovesse farc.

"Li manderò per mezzo del corriere" ella pensava, "ma sarà curioso regalare le scarpe ai propri piedi! E che strano indirizzo:

Al signor Piedestro d'Alice
Tappeto, accanto al parafuoco

Con i saluti di Alice

Poveretta me! Quante sciocchezze mi vengono in mente!".

In quel momento urtò la testa contro il soffitto della sala: aveva più di due metri e settanta di altezza! Afferrò subito la chiavettina d'oro e si diresse verso la porta del giardino. Povera Alice! Non poté far altro che sedersi in terra, poggiandosi di fianco per guardare il giardino con la coda dell'occhio; ma entrarvi era più difficile che mai: si sedette di nuovo e si rimise a piangere.

«Ti dovresti vergognare!» si disse Alice. «Figurarsi, una ragazzona come te» e ne aveva ben donde, «che si mette a piangere. Smettila, ti dico!».

Ciò nonostante continuò a versare lacrime a fiotti, tanto che intorno a sé riuscì a formare un lago di oltre un decimetro di altezza, e largo più della metà della sala.

Qualche minuto dopo sentì uno scalpiccio in lontananza; si asciugò in fretta gli occhi per vedere chi fosse. Era il Bianconiglio di ritorno, vestito di tutto punto, con un paio di guanti bianchi in una mano e un grande ventaglio nell'altra. Trotterellava frettolosamente e mormorava:

«Oh, la Duchessa, la Duchessa! Si arrabbierà come una bestia per quanto l'ho fatta attendere!».

Alice era così disperata che avrebbe chiesto aiuto a chiunque le fosse capitato: così quando il Bianconiglio le passò accanto, gli disse con voce tremula e sommessa:

«Prego, signore...».

Il Bianconiglio sussultò, lasciò cadere a terra i guanti e il ventaglio, e in mezzo a quel buio si mise a correre per obliquo, precipitosamente. Alice raccolse il ventaglio e i guanti, e poiché la sala sembrava una serra si rinfrescò facendosi vento e parlando fra sé:

«Povera me! Com'è strana ogni cosa oggi! Eppure ieri tutto scorreva come nella norma… non mi meraviglierei se stanotte avessi subito qualche cambiamento! Vediamo: non sono stata io, io in persona ad alzarmi stamattina? Mi pare di ricordare che mi sono sentita un po' diversa. Ma se non sono la stessa devo domandarmi: "Chi sono dunque?". Questo è il problema».

Ripensò a tutte le bambine che conosceva, della sua stessa età, per sincerarsi di non essere diventata, per caso, una di loro.

«Certo non sono Ada» disse, «perché i suoi capelli sono ricci e i miei no. Non sono Isabella, perché io so tante belle cose e quella poverina è tanto ignorante! E poi Isabella è Isabella e io sono io. Povera me! In che imbroglio mi trovo! Vediamo se mi ricordo tutte le cose che sapevo una volta: quattro volte cinque fanno dodici, e quattro volte sei fanno tredici, e quattro volte sette fanno… ahimè! Se vado di questo passo non arriverò mai a venti! Del resto la tavola pitagorica non significa niente, proviamo con la geografia: Londra è la capitale di Parigi, e Parigi è la capitale di Roma, e Roma… no, sbaglio tutto! Temo di essere davvero Isabella! Proverò a recitare *Come fa il coccodrillino*».

Incrociò le mani sul petto, come se stesse per ripetere una lezione, e cominciò a recitare quella poesiola, ma la sua voce sonava strana e roca, e le parole non le uscivano dalle labbra come una volta:

"*Come fa il coccodrillino,*
bella coda rinomata,
a versar l'acqua del Nilo
nella bilancia dorata?

Come sembra assai giulivo
se gli artigli al vol dipana,
ogni pesce fuggitivo
lieto accoglie in quella tana".

«Mi pare che le vere parole della poesia non siano queste» disse la povera Alice, e le tornarono i lacrimoni. «Insomma» continuò a dire, «forse sono Isabella e dovrò andare ad abitare in quella stamberga: non avrò più giocattoli, sempre tante lezioni da imparare! Ma se sono Isabella, caschi il mondo, resterò qui! Inutilmente, cari miei, farete capolino dal soffitto per dirmi: "Carina, vieni su!". Leverò soltanto gli occhi e dirò: "Chi sono io? Ditemi prima chi sono. Se sarò quella che voi cercate, verrò su; sennò, resterò qui inchiodata finché non sarò qualcun'altra. Ma ahimè» esclamò Alice con un torrente di lacrime, «vorrei che qualcuno si affacciasse, lassù! Sono tanto stanca di stare qui da sola!».

Si guardò le mani, e si stupì vedendo che si era infilata uno dei guanti lasciati cadere dal Bianconiglio.

«Come mai» disse, «sono ridiventata piccina?».

Si alzò, si avvicinò al tavolo per misurarsi e osservò che si era ridotta a circa sessanta centimetri di altezza e che andava rapidamente rimpicciolendosi: indovinò che la causa di quella nuova trasformazione era il ventaglio che aveva in mano. Lo buttò subito a terra. Era il momento, altrimenti si sarebbe assottigliata tanto che sarebbe interamente scomparsa.

«L'ho scampata bella!» disse Alice sgomenta per quell'improvviso cambiamento, ma lieta di esistere ancora. «E ora andiamo in giardino!».

Si diresse subito verso la piccola porta, ma disgraziatamente era chiusa e la chiavettina d'oro era sul tavolo come prima.

"Di male in peggio" pensò la bambina disperata, "non sono stata mai così piccina! E dichiaro che tutto questo non mi piace, non mi piace, non mi piace!".

Mentre diceva così, scivolò e *punfete!* affondò fino al mento nell'acqua salata. Sulle prime credette di essere caduta in mare.

«In tal caso, potrò tornare a casa con la ferrovia» disse fra sé.

Alice era già stata al lido e da allora immaginava che in tutte le spiagge si trovassero capanni sulla sabbia, ragazzi che scavavano la rena, una fila di villini, e dietro una stazione ferroviaria. Ma subito si rese conto di essere caduta nello stagno delle lacrime versate da lei stessa quando aveva due e settanta di altezza.

«Peccato che io abbia pianto tanto!» disse Alice, nuotando e cercando di giungere a riva. «Ora sì che sarò punita, naufragando nelle mie stesse lacrime! Sarà proprio una cosa straordinaria! Ma tutto è straordinario oggi!».

Sentendo qualche cosa che sguazzava nello stagno, si volse e le parve di vedere un tricheco o un ippopotamo, ma ricordò d'essersi ridotta in dimensioni assai piccine, e s'accorse che l'ippopotamo non era altro che un Topo, cascato come lei nello stagno.

"Sarebbe bene, forse, parlare a questo Topo. Ogni cosa è strana quaggiù che non mi stupirei se mi rispondesse. A ogni modo, proviamo" pensò Alice. E cominciò:

«Scusa Topo, sai la strada per uscire da questo stagno? Sai Topo, sono veramente stanca di nuotare».

Alice pensava che quello fosse il modo migliore di parlare a un Topo: non aveva mai parlato a un Topo in precedenza, ma ricordava di aver letto nella grammatica latina di suo fratello: "*Un topo; di un topo; a un topo...*". Il Topo la guardò, la squadrò ben bene con i suoi occhietti, ma non rispose.

«Forse non capisce la mia lingua» disse Alice. «Forse è un francese, ed è venuto qui con l'esercito napoleonico».

Nonostante le nozioni di storia che aveva imparato, Alice non sapeva esattamente collocare gli eventi nel tempo. E riprese:

«*Où est ma chatte?*» che era la prima frase del suo libricino di lingua francese. Il Topo fece un salto nell'acqua e tremò come una canna al vento.

«Scusami» soggiunse Alice, rendendosi conto di aver scosso i nervi delicati della bestiola. «Non ho pensato che a te non piacciono i gatti».

«Come pensi che possano piacermi i gatti?» domandò il Topo con voce stridula e sdegnata. «Ti piacerebbero i gatti, se fossi in me?».

«Forse no» rispose Alice con tono conciliante, «ma non ti alterare, sai! Inoltre, se ti facessi vedere Dina, la mia gatta, te ne innamoreresti. È una bestia così tranquilla e bella».

Nuotando di malavoglia e parlando a volte con se stessa, Alice continuava:

«E fa così bene le fusa quando si acciambella accanto al fuoco, leccandosi le zampe e alzando il muso, ed è così soffice e soave quando l'accarezzo, ed è così svelta ad acchiappare i topi… oh! Scusa!» esclamò di nuovo Alice, perché il Topo aveva il pelo tutto arruffato e pareva davvero offeso. «No, non ne parleremo più, se ti urta così».

«Già, non ne parleremo più» gridò il Topo, che aveva la tremarella fino alla punta dei baffi. «Come se *io* stessi parlando di gatti! La nostra famiglia ha sempre odiato i gatti; bestie sporche, abiette e volgari! Non me li nominare più».

«No, no!» rispose volonterosa Alice, e cambiando discorso aggiunse: «Dimmi, ti piacciono forse… ti piacciono… i cani?». Il Topo non rispose, e Alice continuò: «Vicino a casa mia abita un bellissimo cagnolino, se lo vedessi! Ha certi begli occhi luccicanti, il pelo color cenere, riccio e lungo! Raccoglie gli oggetti che gli si tirano e siede sulle gambe di dietro per chiedere lo zucchero, e fa così tante altre belle cosine che non ne ricordo neppure la metà. Appartiene a un fattore, il quale dice che la sua bestiolina vale un tesoro, perché gli è molto utile, e uccide tutti i topi... ahimè!» esclamò Alice tutta sconsolata.

«Temo di averti offeso di nuovo!».

L'aveva offeso sul serio, perché il Topo si allontanò, nuotando come una furia e agitando le acque dello stagno. Alice lo richiamò con tono soave:

«Topo caro, vieni qua; prometto di non parlare più di gatti e di cani!».

Il Topo si voltò nuotando lentamente. Aveva il muso pallido – d'ira, pensava Alice – e disse con voce tremante:

«Raggiungiamo la riva e ti racconterò la mia storia. Capirai così perché detesto tanto i gatti e i cani».

Era tempo d'uscire, perché lo stagno si popolava di uccelli e d'altri animali caduti in acqua: un'Anatra, un Dodo, un Lorichetto, un Aquilotto e altre bestie curiose. Alice si mise alla loro testa e tutti la seguirono fino a riva.

3
La corsa elettorale e una lunga storia

L'assemblea che si raccolse sulla riva era molto bizzarra. Figurarsi, gli uccelli avevano le penne inzuppate, e gli altri animali, col pelo incollato ai corpi, grondavano acqua tutti tristi e malinconici. La prima questione da risolvere fu naturalmente il mezzo per asciugarsi: si consultarono tutti, e Alice poco dopo si mise a parlare cordialmente con loro, come se li conoscesse da un secolo uno per uno. Discusse a lungo col Lorichetto, ma presto questi le mostrò un viso accigliato, dicendo perentoriamente:

«Sono più vecchio di te, perciò ne so più di te». Ma Alice non volle dargliela vinta se prima non le avesse detto quanti anni aveva. Il Lorichetto non volle dirglielo, e la loro conversazione fu troncata. Il Topo, che sembrava una persona d'una certa autorità fra di loro, gridò:

«Si seggano, signori, e mi ascoltino! In pochi momenti seccherò tutti!».

Così tutti sedettero attorno al Topo. Alice si mise a guardare con una certa ansia, convinta che se non si fosse asciugata presto si sarebbe beccata un raffreddore coi fiocchi.

«Ehm!» disse il Topo, con accento autorevole. «Siete pronti? Questa è la cosa più seccante che so! Fate tutti silenzio, per piacere! Guglielmo il Conquistatore, la cui causa era protetta dal Papa, fu subito sottomesso dagli inglesi...».

«Uff!» fece il Lorichetto con un tremore.

«Scusa!» esclamò il Topo con cipiglio, ma con molta cortesia: «Dicevi qualche cosa?».

«Niente affatto!» rispose in fretta il Lorichetto.

«Mi sembrava di sì...» aggiunse il Topo. «Continuo: Edwin e Morcar, i conti di Mercia e Northumbria, si dichiararono per lui; e anche, Stigand, il patriottico arcivescovo di Canterbury, trovò la cosa...».

«Trovò *che cosa*?» chiese l'Anatra.

«Trovò *la cosa*» replicò piccato il Topo. «Di certo saprai cosa significa *la cosa*».

«So cosa significa *la cosa* quando *io* trovo qualche cosa» rispose l'Anatra. «Un ranocchio o un verme. La domanda è: che *cosa* trovò l'arcivescovo di Canterbury?».

Il Topo non le badò e continuò:

«Trovò che fosse opportuno andare con Edgar Antheling incontro a Guglielmo per offrirgli la corona. In principio Guglielmo usò moderazione; ma l'insolenza dei Normanni... Ebbene, cara, come stai ora?» chiese rivolto ad Alice.

«Bagnata come un pulcino» rispose Alice afflitta. «Ho l'impressione che il tuo racconto *secchi*, ma non *asciughi* affatto».

«In questo caso» disse il Dodo in tono solenne, alzandosi in piedi, «propongo che l'assemblea si aggiorni per l'adozione di rimedi più energici...».

«Ma parla come mangi!» esclamò l'Aquilotto. «Non capisco neppure la metà di quei tuoi paroloni, e forse tu stesso non ne capisci un'acca».

L'Aquilotto chinò la testa per nascondere un sorriso, ma alcuni degli uccelli si misero a sghignazzare apertamente.

«Volevo dire» continuò offeso il Dodo, «che il miglior modo di asciugarsi sarebbe di fare una corsa elettorale».

«Che cos'è la corsa elettorale?» domandò Alice.

Non le premeva molto di saperlo, ma il Dodo taceva come se qualcuno dovesse parlare, mentre nessuno sembrava disposto ad aprire bocca o becco.

«Ecco» disse il Dodo, «il miglior modo di spiegarla è farla».

E siccome vi potrebbe venire in mente di provare questa corsa in qualche giornata d'inverno, vi dirò come la organizzò il Dodo. Prima tracciò il percorso, una specie di circolo – «Che la forma sia esatta o no, non importa» disse – e poi tutto il gruppo entrò nella pista disponendosi in questo o in quel punto. Non si udì: "Uno, due tre... via!" ma tutti cominciarono a correre a piacere e si fermarono quando vollero, in modo che non si capiva quando la corsa sarebbe terminata.

In ogni caso, dopo che ebbero corso una mezz'ora o quasi e si sentirono tutti bene asciugati, il Dodo esclamò: «La corsa è finita!» e tutti lo circondarono, ansimanti, domandando: «Ma chi ha vinto?».

Per il Dodo non era facile rispondere, perciò sedette e restò a lungo con un dito appoggiato alla fronte – proprio come viene rappresentato William Shakespeare nei ritratti – mentre gli altri tacevano. Finalmente il Dodo annunciò: «Tutti hanno vinto e tutti devono essere premiati».

«Ma chi consegnerà i premi?» replicò un coro di voci.

«Lei, s'intende!» disse il Dodo, indicando con un dito Alice. E tutti le si affollarono intorno, gridando confusamente: «I premi! I premi!».

Alice non sapeva che fare, e nella disperazione si infilò le mani in tasca, tirandone fuori una scatola di confetti – dove per fortuna l'acqua non era entrata – e li distribuì in giro. Ce n'era giusto uno per ciascuno.

«Ma dovrebbe esser premiata anche lei» disse il Topo.

«Naturalmente» aggiunse serio il Dodo. «Che altro hai in tasca?» chiese ad Alice.

«Un ditale» rispose mestamente la fanciulla.

«Da' qua» replicò il Dodo. E tutti l'accerchiarono di nuovo, mentre il Dodo solennemente le porgeva il ditale, dicendo:

«La preghiamo di accettare questo elegante ditale» e tutti applaudirono a quel breve discorso. Bisognava ora mangiare i confetti; cosa che generò un po' di trambusto e di confusione, perché gli uccelli grandi si lagnavano di non aver potuto assaporarli, e i piccoli, avendoli inghiottiti d'un colpo, corsero il rischio di strozzarsi e si dovette picchiarli sulla schiena.

Ma anche questo ebbe fine e si sedettero in circolo pregando il Topo di dire qualche altra cosa.

«Ricordati che hai promesso di narrarmi la tua storia» disse Alice, «e la ragione per cui odi i... G e i... C» aggiunse piano, temendo di offenderlo di nuovo.

«La mia storia è triste, con una lunga coda...» rispose il Topo, sospirando.

«Certo, hai una coda lunga» disse Alice, guardando con meraviglia la coda del topo, «ma che cos'ha di triste?».

E continuò a pensarci impacciata, mentre il Topo parlava. Così l'idea che si fece di quella storia e della coda fu pressappoco questa:

"Furietta disse
al Topo
che aveva
sorpreso
in casa:
«Andiamo
in tribunale:
per farti
processare.
Non voglio
le tue scuse,
o Topo
scellerato.
Quest'oggi
non ho niente
nel mio villin

da fare».
Disse a
Furietta
il Topo:
«Ma come
andare
in Corte?
Senza giurati
e giudici.
Sarebbe
una vendetta!».
«Sarò giurato
e giudice»
rispose
Furietta,
«confermerò
soffiando
la tua
condanna
a morte»".

«Tu non mi presti attenzione!» disse il Topo ad Alice, severamente. «A che cosa pensi?».

«Scusami» rispose con ossequio Alice, «sei giunto alla quinta vertebra in coda alla tua storia, o prima?».

«*No, do*... po!» riprese il Topo irato, scandendo le sillabe.

«C'è un *nodo*?» esclamò Alice sempre pronta e servizievole, e guardandosi intorno: «Ti aiuterò a scioglierlo!».

«Niente affatto!» rispose il Topo, alzandosi e facendo l'atto di andarsene. «Tu m'insulti dicendo tali sciocchezze!».

«Ma, no!» disse Alice con umiltà. «Sei tu che ti offendi con facilità!».

Per tutta risposta il Topo si mise a borbottare.

«Per piacere, ritorna e finisci il tuo racconto!» gridò Alice; e tutti gli altri s'unirono in coro: «Avanti, finisci il racconto!».

Ma il Topo scrollò il capo con un moto d'impazienza, e affrettò il passo.

«Peccato che non sia rimasto!» disse sospirando il Lorichetto, appena il Topo si fu dileguato. Un vecchio granchio colse quell'occasione per dire alla sua piccina:

«Amor mio, ti serva di lezione, e bada di non perdere mai la pazienza!».

«Papà» replicò la piccina sdegnosa, «stancheresti anche la pazienza di un'ostrica!».

«Ah, se Dina fosse qui!» disse Alice parlando ad alta voce, ma senza rivolgersi a nessuno in particolare. «Lo riporterebbe indietro subito!».

«Scusa la domanda, chi è Dina?» domando il Lorichetto. Alice rispose rapida, sempre pronta a parlare del suo animale prediletto:

«La mia gatta. Fa prodigi, quando caccia i topi! E se la vedessi correr dietro agli uccelli! Fa sparire gli uccellini in un solo boccone».

Questo discorso fece fortemente impressionare l'assemblea. Alcuni uccelli spiccarono immediatamente il volo: una vecchia gazza si avviluppò ben bene dicendo:

«È tempo di tornare a casa, l'aria notturna mi fa male alla gola!».

Un canarino chiamò con voce tremula tutti i suoi piccini:

«Via, via cari miei! È tempo di andare a letto!».

Ognuno trovò un pretesto per andarsene, e Alice rimase sola.

"Non dovevo nominare Dina!" disse malinconicamente tra sé. "Pare che quaggiù nessuno le voglia bene, ma è la migliore gatta del mondo! Oh, cara Dina, chi sa se ti rivedrò mai più!".

E la povera Alice ricominciò a piangere, perché si sentiva sola e sconsolata. Ma alcuni momenti dopo avvertì di nuovo uno scalpiccio in lontananza, e guardò fisso nella speranza che il Topo, dopo averci ripensato, stesse tornando per finire il suo racconto.

4
Il Bianconiglio presenta il conto

Invece era il Bianconiglio, che tornava trotterellando e guardandosi ansiosamente intorno, come se avesse smarrito qualche cosa, e mormorando tra sè:

«Oh, la duchessa! La duchessa! Oh, zampe care! Pelle e baffi miei, siete sistemati per le feste, ora! Ella mi farà ghigliottinare, quant'è vero che le donnole sono donnole! Ma dove li ho perduti?».

Alice indovinò subito che si riferiva al ventaglio e al paio di guanti bianchi, e, buona e servizievole com'era, si diede un gran daffare per ritrovarli. Ma invano. Tutto sembrava trasformato dal momento che era caduta nel lago. La gran sala col tavolino di vetro e la porticina erano interamente svanite. Non appena il Bianconiglio si accorse della ricerca affannata di Alice, gridò irato:

«Marianna, che fai qui? Corri subito a casa e portami un paio di guanti e un ventaglio! Presto, presto!». Alice fu così impaurita da quella voce che, senza indugio, corse velocemente verso il luogo indicato, senza dire nulla sull'equivoco del Bianconiglio.

«Mi ha presa per la sua cameriera» disse fra sé, mentre continuava a correre, «Si sorprenderà molto quando saprà chi sono! Ma è meglio portargli il ventaglio e i guanti, sempre che io riesca a trovarli».

E così dicendo, giunse davanti a una bella casetta che aveva sull'uscio una lastra di ottone lucente, con scritto questo nome: "BIANCONIGLIO".

Entrò senza bussare e fece tutta la scala di corsa, temendo d'incontrare la vera Marianna, ed essere così di conseguenza cacciata via prima di trovare il ventaglio e i guanti.

"Strano" pensava Alice, "essere mandata da un coniglio a fare delle commissioni! Non mi meraviglierò se, una volta o l'altra, Dina mi mandasse a sbrigare delle commissioni per lei!".

E cominciò a fantasticare intorno alle probabili scene:

"*Signorina Alice! Si prepari per la passeggiata e venga subito qui!*".

"*Eccomi, zia! Ma dovrei far la guardia a questo buco fino al ritorno di Dina, affinché non scappi il topo...*".

"Ma non posso credere" continuò Alice, "che a Dina sarebbe concesso di rimanere in casa nostra, se cominciasse a comandare trattando la gente in quel modo".

Intanto era entrata in una graziosa cameretta, con un tavolo nel vano della finestra. Sul tavolo c'era, come Alice aveva sperato, un ventaglio e due o tre paia di guanti bianchi e puliti; prese il ventaglio e un paio di guanti e si preparò a uscire, quando accanto allo specchio scorse una boccettina. Questa volta non c'era alcuna etichetta con la parola "BEVIMI". Ciò nonostante la stappò e se la portò alle labbra.

«Tutte le volte che bevo o mangio mi accade qualcosa di straordinario» disse fra sé. «Vediamo dunque che succederà con questa bottiglia. Spero che mi faccia crescere di nuovo, perché sono proprio stanca di essere così piccina!».

E così avvenne, prima del previsto: non aveva ancor bevuto metà della boccettina che urtò con la testa contro il soffitto, tanto che dovette abbassarsi subito, per non rischiare di rompersi l'osso del collo.

Depose subito la fiala dicendo:

«Basta per ora, spero di non crescere di più; ma intanto come farò a uscire? Se avessi bevuto un po' meno! Ahimè, troppo tardi!».

Continuò a crescere, a crescere, e presto dovette inginocchiarsi, perché non riusciva più a stare in piedi; e dopo un altro minuto non aveva più spazio neanche per stare inginocchiata. Dovette sdraiarsi con un gomito contro l'uscio e con un braccio intorno al capo. E cresceva ancora! Con un estremo sforzo, cacciò una mano fuori dalla finestra, ficcò un piede nel caminetto, e si disse:

«Qualunque cosa accada, non posso fare di più. Che ne sarà di me?».

Fortunatamente, il potere della boccettina magica aveva prodotto il suo massimo effetto, e Alice non crebbe più; avvertiva però un certo malessere, e, dal momento che non c'era modo di uscire da quella gabbia, non poté far altro che lamentarsi:

"Stavo così bene a casa" pensò la povera Alice, "senza diventare grande o piccola e farmi comandare dai sorci e dai conigli. Ah; se non fossi discesa nella tana del Bianconiglio! Eppure... eppure... questo genere di vita è curioso! Ma che cosa mi è successo? Quando leggevo i racconti delle fate, credevo che queste cose non accadessero anche nella realtà, e ora eccomi in un perfetto racconto di fate. Si dovrebbe scrivere un libro sulle mie avventure, si dovrebbe! Quando sarò grande lo scriverò io... ma sono già grande» aggiunse afflitta, «e qui non c'è spazio per crescere di più. Ma come" pensò Alice, "non sarò mai più grande di quanto io sia adesso? Da una parte, sarebbe un bene non diventare mai adulta; ma d'altro canto dovrei imparare sempre le lezioni, e mi seccherebbe! Ah, sciocca che sei!" rispose Alice a se stessa. «Come potrei imparare le lezioni qui? C'è appena posto per me! I libri non c'entrano!".

E continuò così, interrogandosi e rispondendosi, sostenendo una conversazione tra Alice e Alice; ma dopo pochi minuti sentì una voce da fuori, e si fermò per ascoltare.

«Marianna! Marianna!» diceva la voce, «portami subito i guanti!».

Poi si udì un rumore di passi dalla scala. Alice pensò che il Bianconiglio venisse per sollecitarla e tremò da scuotere la casa, dimenticando d'esser diventata mille volte più grande di lui, e che non aveva alcuna ragione di spaventarsi. Il coniglio giunse alla porta, e cercò di aprirla. Ma la porta si apriva da dentro e il gomito d'Alice era piantato proprio là, così che ogni sforzo fu vano. Alice udì che il Bianconiglio diceva tra sé:

«Andrò nel retro ed entrerò dalla finestra».

"Non ci entrerai!" pensò Alice, e aspettò fin quando le parve che il coniglio fosse arrivato sotto la finestra. D'un tratto aprì la mano e fece un gesto in aria. Non afferrò nulla; ma sentì dei gridolini e il rumore di una caduta, poi un fracasso di vetri rotti, così comprese che il poverino probabilmente era cascato sulla volta di una piccola serra o qualche cosa di simile. Poi udì una voce arrabbiata, quella del Bianconiglio:

«Pietro! Pietro! Dove sei?».

E una voce che non aveva mai sentito:

«Sono qui! Stavo zappando le mele, eccellenza!».

«Zappando le mele!» fece il Bianconiglio, al culmine dell'ira. «Vieni qua! Aiutami a uscire di qui!...».

Si sentì un secondo fracasso di vetri infranti.

«Dimmi, Pietro, cosa c'è lassù alla finestra?».

«Ehm... è un braccio, eccellenza!».

«Un braccio! Ma cosa dici, animale? Esistono braccia così grosse? Riempie tutta la finestra!».

«Certo, eccellenza: è proprio un braccio!».

«Bene, ma cosa c'entra con la mia finestra? Vallo a togliere!».

Vi fu un lungo silenzio, poi Alice sentì qua e là un bisbiglio, e un dialogo come questo:

«Non me la sento proprio, eccellenza, per nulla affatto!».

«Fa' come ti dico, vigliacco!».

E allora Alice aprì di nuovo la mano e fece un gesto in aria. Questa volta si udirono due strilli acuti, e un nuovo fracasso di vetri.

"Quante cianfrusaglie di vetro ci sono laggiù!" pensò Alice. "Chissà che faranno dopo! Magari potessero cacciarmi fuori dalla finestra. Certo, non intendo rimanere qui!".

Attese un poco senza udire più nulla; finalmente s'udì un cigolio di ruote di carri e molte voci che parlavano insieme. Alice poté afferrare queste parole:

«Dov'è l'altra scala?... Ma io non dovevo portarne una?... Guglielmo ha l'altra. Guglielmo! Portala qui. Su, appoggiala a quest'angolo... No, no, legale insieme prima. Non vedi che non arrivano neppure a metà?! Oh! Ci arriveranno! Non fare il difficile!... Avanti, Guglielmo, afferra questa fune... Ma reggerà il tetto? Bada a quella tegola che si muove... Ehi! Casca! Attenti alla testa!».

Punfete!

«Chi è stato? Guglielmo, immagino!... Chi andrà giù per il camino?... Io no!... Vuoi andare tu?... No, neppure io!... Scenderà Guglielmo!... Ohi! Guglielmo! Il padrone dice che devi scendere giù nel camino!».

«Magnifico!» disse Alice fra sé. «Così questo Guglielmo scenderà dal camino? Pare che quei signori abbiano grandi aspettative su Guglielmo! Non vorrei essere nei suoi panni. Il camino è molto stretto, ma qualche calcio, credo, glielo potrò assestare».

Ritirò il piede più che poté lontano dal camino, e attese fino a che sentì un animaletto – senza che potesse indovinare a che specie appartenesse – che raschiava e scendeva adagio per la canna del camino.

«È Guglielmo!» disse lei, e tirò un gran calcio, aspettando il seguito. La prima cosa che sentì fu un coro di voci che diceva:

«Ecco Guglielmo che vola!» e poi la sola voce del Bianconiglio: «Prendetelo, voialtri, presso la siepe!» e poi silenzio, e poi di nuovo una gran confusione di voci…

«Sostenetegli il capo… Un po' d'acquavite… Non lo strozzate… Com'è andata amico?… Che cosa ti è accaduto? Racconta!».

Finalmente si sentì una vocina esile e stridula, che Alice indovinò fosse di Guglielmo:

«Veramente, non so. Basta, grazie, ora mi sento meglio… ma sono troppo agitato per raccontarvelo… tutto quello che mi ricordo è qualche cosa come un "babau" che m'ha fatto saltare in aria come un razzo!».

«Davvero, poveretto!» dissero gli altri.

«Si deve appiccare il fuoco alla casa!» esclamò la voce del Bianconiglio; ma Alice gridò subito con quanta forza aveva in gola:

«Se lo fate, guai a voi! Vi farò acchiappare da Dina!».

Si fece immediatamente un silenzio mortale, e Alice disse fra sé: «Chi sa che faranno ora! Se avessero tanto di cervello in testa scoperchierebbero la casa».

Dopo uno o due minuti cominciarono a muoversi di nuovo e sentì il Bianconiglio dire:

«Basterà una carriola piena per cominciare».

"Piena di *che*?" pensò Alice; i suoi dubbi durarono ben poco, perché una grandine di sassolini cominciò subito a tintinnare contro la finestra e alcuni le arrivarono in faccia.

"Bisogna finirla!" pensò Alice, e strillò:

«Non provateci mai più!».

Tornò di nuovo un silenzio di tomba. Alice osservò con sorpresa che i sassolini – toccando il pavimento – si trasformavano in pasticcini, e subito un'idea la fece sussultare di gioia:

«Se mangio uno di questi pasticcini» disse, «di certo avverrà un mutamento nella mia statura. Poiché non posso diventare più grande, forse tornerò minuscola».

Così ingoiò un pasticcino, rallegrandosi nel vedere che cominciava a contrarsi. Appena si sentì piccina abbastanza per uscire dalla porta, scappò da quella casa, e incontrò una folla di piccoli animali e d'uccelli che aspettavano fuori. La povera Lucertola – ovvero Guglielmo – stava nel mezzo, sostenuta da due Porcellini d'India, che la facevano bere da una bottiglia. Appena comparve Alice, tutti le si scagliarono contro; ma la fanciulla si mise a correre più velocemente che poteva, e si riparò incolume in un folto bosco.

"La prima cosa che dovrò fare" pensò Alice, vagando nel bosco, "è di crescere ancora un po' e raggiungere la mia statura normale; la seconda, di trovare la via per entrare in quel bel giardino. Credo che non ci sia altro di meglio da fare".

Il suo progetto era eccellente, senza dubbio; ma la difficoltà stava nel fatto che lei non sapeva dove cominciare per metterlo in atto. Mentre aguzzava la vista, guardando fra gli alberi della foresta, un piccolo latrato acuto attirò la sua attenzione, così volse lo sguardo verso l'alto.

Un enorme cucciolo la squadrava con i suoi occhi enormi e tondi, e allungando una zampa cercava di toccarla.

«Poverino!» disse Alice con tono dolce, e per ammansirlo provò a fischiettare un po', ma tremava come una foglia al pensiero che potesse essere affamato. In quel caso l'avrebbe probabilmente divorata, nonostante tutte le sue carezze. Per fare la disinvolta, prese un ramoscello e lo mostrò al cagnolino, il quale fece un salto in aria come una palla con un latrato di gioia, e s'avventò al ramoscello come per sbranarlo. Allora Alice, con cautela, si mise dietro un cardo altissimo per non esser travolta; quando si affacciò dall'altro lato, il cagnolino s'era avventato nuovamente al ramoscello, e aveva fatto un capitombolo nella furia di afferrarlo. Ma ad Alice sembrò come voler scherzare con un cavallo da traino. Temendo d'esser calpestata dalle zampe della bestia, si rifugiò di nuovo dietro al cardo: allora il cagnolino cominciò una serie di cariche contro il ramoscello, andando sempre più in là, e rimanendo sempre più in qua del necessario, abbaiando raucamente fino a che non s'acquattò ansimante a una certa distanza con la lingua penzoloni e i grandi occhi semichiusi. Alice colse quell'occasione per scappare. Corse tanto da perdere il fiato, fino a che il latrato del cagnolino si perse in lontananza.

«Però che bel cucciolo che era!» disse Alice, appoggiandosi a un ranuncolo e facendosi vento con una delle sue foglie. «Oh, avrei voluto insegnargli dei giochi se... se avessi avuto una statura adatta! Poveretta me! Avevo dimenticato che mi manca ancora un po' di statura! Vediamo... come devo fare? Forse dovrei mangiare o bere qualche cosa; ma che cosa?».

Il problema era questo: che cosa? Alice si guardò attorno fra i fiori e i fili d'erba, ma non vide nulla che le sembrasse adatto da mangiare o da bere per l'occasione. C'era però un grosso fungo lì vicino, pressappoco alto quanto lei; dopo averlo esaminato di sotto, ai lati e di dietro, le parve naturale andare a vedere cosa ci fosse sopra. Alzandosi in punta dei piedi, si affacciò all'orlo del fungo, e gli occhi suoi s'incontrarono con quelli d'un grosso bruco turchino che se ne stava seduto nel centro con le braccia conserte, fumando tranquillamente una lunga pipa, e non facendo la minima attenzione né a lei né ad altro.

5
I consigli del Brucaliffo

Per qualche istante il Brucaliffo e Alice si guardarono a vicenda, in silenzio; finalmente il Brucaliffo staccò la pipa di bocca, e le parlò con voce languida e sonnacchiosa:

«Chi sei?» chiese il Brucaliffo. Non era un bel principio di conversazione. Alice rispose con qualche timidezza:

«Guarda, al momento non te lo saprei dire. Posso dirti chi ero quando mi sono alzata questa mattina, ma da allora credo di essere cambiata parecchie volte».

«Perché dici così?» chiese il Brucaliffo con serietà. «Spiegati meglio».

«Temo di non poter spiegare niente» disse Alice, «perché non sono più quella di prima, come vedi».

«Io non vedo nulla» rispose il Brucaliffo.

«Temo di non potermi spiegare più chiaramente» aggiunse Alice in maniera assai gentile, «perché dopo aver cambiato statura tante volte in un giorno, non capisco più nulla».

«Non è vero!» disse il Brucaliffo.

«Beh, non l'hai sperimentato ancora» disse Alice, «ma quando ti trasformerai in crisalide, come ti accadrà un giorno, e poi diventerai farfalla, di sicuro ti sembrerà un po' strano… non credi?».

«Niente affatto» rispose il Brucaliffo.

«Che dire, tu la pensi diversamente» replicò Alice, «ma a me sembrerebbe molto strano».

«A te!» disse il Brucaliffo con disprezzo. «Chi sei tu?».

E questo li ricondusse di nuovo al principio della conversazione. Alice si sentiva un po' irritata dalle brusche osservazioni del Brucaliffo e se ne stette sulle sue, dicendo piccata:

«Perché non cominci tu a dirmi chi sei?».

«Perché?» disse il Brucaliffo. Era un'altra domanda imbarazzante.

Alice non seppe trovare una buona ragione. Il Brucaliffo pareva di cattivo umore e perciò lei fece per andarsene.

«Vieni qui!» la richiamò il Brucaliffo. «Ho qualche cosa d'importante da dirti».

La chiamata prometteva qualche cosa: Alice tornò indietro.

«Mantieni la calma!» disse il Brucaliffo.

«Questo è tutto?» rispose Alice, facendo uno sforzo per frenarsi.

«No» disse il Brucaliffo.

Alice pensò che poteva aspettare, perché non aveva niente di meglio da fare, e perché forse il Brucaliffo avrebbe potuto dirle qualcosa d'importante. Per qualche istante il bruco fumò in silenzio, poi finalmente sciolse le braccia, si tolse la pipa di bocca e disse:

«E così, tu credi di essere cambiata?».

«Ho paura di sì, signore» rispose Alice.

«Non riesco a ricordare le cose bene come una volta, e non rimango della stessa statura neppure per lo spazio di dieci minuti!».

«Che cosa non ricordi?» disse il bruco.

«Sai, ho tentato di recitare *Come fa il coccodrillino* e l'ho detta tutta diversa!» aggiunse malinconicamente Alice.

«Ripetimi: *Sei vecchio, caro babbo*» disse il bruco. Alice incrociò le mani sul petto, e cominciò:

"«Sei vecchio, caro babbo» gli disse il ragazzino,
«sulla tua chioma splende quasi un candore alpino;
eppur costantemente cammini sulla testa:
ti sembra per un vecchio buona maniera questa?».

«Quand'ero bambinello» rispose il vecchio allora,
«temevo di mandare il cerebro in malora;
ma adesso son persuaso di non averne affatto,
a testa in giù cammino più agile d'un gatto».

«Sei vecchio, caro babbo» gli disse il ragazzino,
«e sei capace e vasto più assai d'un grosso tino:
eppur sfondato hai l'uscio, con una capriola;
dimmi da quali acrobati, andasti, babbo, a scuola?».

«Quand'ero bambinello» rispose il padre saggio,
«per rafforzar le membra, io mi facea il massaggio
sempre con quest'unguento, un franco alla boccetta.

Chi comperarlo vuole, fa bene se s'affretta».

«Sei vecchio, caro babbo» gli disse il ragazzino,
«e tu non puoi mangiare, che pappa nel brodino;
pure hai mangiato un'oca, col becco e tutte l'ossa
Ma dimmi, ove pigli, o babbo, tanta possa?».

«Un dì apprendevo legge» il padre allor gli disse,
«ed ebbi con mia moglie continue liti e risse,
e tanta forza impressi alle ganasce allora,
tante energie, che, vedi, mi servon bene ancora».

«Sei vecchio caro babbo» gli disse il ragazzino,
«e certo, come un tempo, non hai più l'occhio fino:
pur reggi in equilibrio un pesciolin sul naso:
or come così desto ti mostri in questo caso?».

«A tutte le domande, io t'ho risposto già,
e finalmente basta!» risposegli il papà:
«Se tutto il giorno poi mi vuoi così seccare,
ti faccio con un calcio le scale ruzzolare»".

«Non l'hai detta fedelmente» disse il Brucaliffo.

«Temo di no» rispose timidamente Alice, alcune parole sono di certo diverse».

«L'hai detta male, dalla prima parola all'ultima» disse il Brucaliffo con decisione.

Vi fu un silenzio per qualche minuto. Il Brucaliffo fu il primo a parlare:

«Di che statura vuoi essere?» domandò.

«Oh, non vado tanto per il sottile in fatto di statura» rispose in fretta Alice, «so soltanto che non è piacevole cambiare così spesso, sai».

«Io non ne so nulla» disse il Brucaliffo. Alice non disse sillaba: non era stata mai contraddetta così tante volte, e non ne poteva proprio più.

«Sei contenta ora?» domandò il Brucaliffo.

«Veramente vorrei essere un pochino più grandicella, se non ti dispiacesse» rispose Alice, «perché una statura di otto centimetri è davvero misera!».

«Otto centimetri sono una magnifica statura!» disse il Brucaliffo collerico, rizzandosi come uno stelo, mentre parlava. Egli era alto esattamente otto centimetri.

«Ma... io non ci sono abituata!» si scusò Alice in tono lamentoso.

E poi pensò fra sé: "Questa bestiolina si offende per nulla!".

«Col tempo ti ci abituerai» disse il Brucaliffo e rimettendosi la pipa in bocca ricominciò a fumare. Questa volta Alice aspettò pazientemente che egli riprendesse a parlare. Dopo due o tre minuti, il bruco si tolse la pipa di bocca, sbadigliò due o tre volte, e si scosse tutto. Poi scese dal fungo, e se ne andò strisciando nell'erba, dicendo soltanto queste parole:

«Un lato ti farà diventare più alta e l'altro ti farà diventare più bassa».

"Un lato di che cosa? L'altro lato di che cosa?" pensò Alice fra sé.

«... del fungo!» disse il Brucaliffo, come se Alice lo avesse interrogato ad alta voce; e subito scomparve. Alice rimase pensierosa per un minuto guardando il fungo, cercando di scoprirne i due lati, ma siccome era perfettamente rotondo, trovò la questione difficile. A ogni modo allungò più che le fu possibile le braccia per circondare il fungo, e ne ruppe due pezzetti dell'orlo a destra e a sinistra.

«E ora qual è un lato e qual è l'altro?» si domandò, e si mise ad addentare, per provarne l'effetto, il pezzettino che aveva a destra; l'istante dopo si sentì un colpo violento sotto il mento. Aveva battuto sul piede!

Quel mutamento immediato la spaventò molto; ma non c'era tempo da perdere, perché si contraeva rapidamente; così si mise subito ad addentare l'altro pezzo. Il suo mento era talmente aderente al piede che a malapena trovò spazio per aprir la bocca; finalmente riuscì a inghiottire un boccone del pezzettino di sinistra.

«Ecco, la mia testa è libera finalmente!» esclamò Alice gioiosa; ma la sua allegria si mutò in terrore, quando si accorse che non riusciva più trovare le spalle: tutto ciò che poteva vedere, guardando in basso, era un lunghissimo collo che sembrava elevarsi come uno stelo in un mare di foglie verdi, che stavano a una bella distanza al di sotto.

«Che cosa è mai quel campo verde?» disse Alice. «E le mie spalle dove sono? Oh, povera me! Perché non vi vedo più, mani mie?».

Provava a muoverle mentre parlava, ma non sortiva altro effetto che un piccolo movimento fra le foglie verdi lontane. E siccome non sembrava possibile portare le mani alla testa, tentò di piegare il capo verso le mani, e fu contenta di rilevare che il collo si piegava e si muoveva in ogni senso come il corpo d'un serpente. Era riuscita a curvarlo in giù componendo la forma di un grazioso zig-zag, e stava per tuffarlo fra le foglie – le cime degli alberi sotto i quali s'era smarrita – quando sentì un sibilo acuto, che glielo fece ritrarre frettolosamente: un grosso Colombo era volato su di lei e le sbatteva violentemente le ali contro la faccia.

«Un serpente!» gridò il Colombo.

«Io non sono un serpente» disse Alice indignata. «Vattene!».

«Un serpente, dico!» ripeté il Colombo, ma con tono più dimesso, e soggiunse singhiozzando: «Ho cercato tutti i rimedi, ma invano».

«Non capisco di cosa tu stia parlando» disse Alice.

«Ho provato le radici degli alberi, ho provato i clivi, ho provato le siepi» continuò il Colombo senza badarle. «Ma i serpenti! Oh, non c'è modo di accontentarli!».

Alice era sempre più confusa: pensò che sarebbe stato inutile aggiungere altro, fino a che il Colombo non avesse finito.

«Come se non fosse già difficile covare le uova» disse il Colombo, «bisogna pure vegliarle giorno e notte! Sono tre settimane che non chiudo occhio!».

«Mi dispiace di vederti così sconsolato!» disse Alice, che cominciava a comprendere.

«E proprio quando avevo scelto l'albero più alto del bosco» continuò il Colombo con un grido disperato, «e mi credevo al sicuro, finalmente, ecco che mi discendono dal cielo! Ahhh! Brutto serpente!».

«Ma io non sono un serpente, ti dico!» rispose Alice. «lo sono una... Io sono una...».

«Beh, chi sei allora?» chiese il Colombo. «È chiaro che tu cerchi dei tranelli per ingannarmi!».

«Io... io sono una bambina» rispose Alice, ma con qualche dubbio, perché ricordava le molte trasformazioni di quel giorno.

«È una frottola!» disse il Colombo col tono del più amaro disprezzo. «Ho visto molte bambine in vita mia, ma con un collo come il tuo, mai. No, no! Tu sei un serpente, è inutile negarlo. Scommetto che avresti il coraggio di dirmi che non hai assaggiato mai un uovo!».

«Ma certo che ho mangiato delle uova» soggiunse Alice, che era una bambina molto sincera. «Non sono solo i serpenti a mangiare le uova, le mangiano anche le bambine».

«Non ci credo» disse il Colombo, «ma se così fosse le bambine sarebbero un'altra razza di serpenti, ecco tutto».

Questa idea parve così nuova ad Alice che rimase in

silenzio per uno o due minuti; il Colombo colse quell'occasione per aggiungere:

«Tu vai a caccia di uova, questo è certo: che m'importa, che tu sia una bambina o un serpente?».

«Ma importa moltissimo a me» rispose subito Alice. «A ogni modo non vado in cerca di uova; e anche se ne cercassi, non ne vorrei delle tue; crude non mi piacciono».

«E allora sta' lontana da me!» disse brontolando il Colombo, e si accovacciò nel nido.

Alice si nascose come meglio poté fra gli alberi, perché il collo le s'intralciava tra i rami, e spesso doveva fermarsi per districarlo. Dopo qualche istante, si ricordò che aveva tuttavia nelle mani i due pezzettini di fungo, e si mise all'opera con molta accortezza addentando ora l'uno ora l'altro, e così diventava ora più alta ora più bassa, finché riuscì a riavere la sua statura giusta. Era da tanto tempo che non aveva la sua altezza abituale, che inizialmente le parve strano; ma si abituò in pochi minuti, e ricominciò a parlare fra sé come al solito.

«Ecco, sono a metà del mio piano! Sono davvero strani tutti questi mutamenti! Non so mai cosa diventerò da un minuto all'altro! Tuttavia, sono tornata alla mia statura normale: ora bisogna pensare a entrare in quel bel giardino… Come farò, poi?».

E così dicendo, giunse senza avvedersene in un piazzale che aveva nel mezzo una casetta alta circa un metro e venti.

«Non so chi ci abita» pensò Alice, «ma di certo non posso presentarmi con questa statura; gli farei una gran paura!».

Cominciò così ad addentare il pezzettino che aveva nella destra, e non osò di avvicinarsi alla casa, se non quando ebbe la statura d'una ventina di centimetri.

6
Il porcellino e il pepe

Per un po' si mise a guardare la casa, indecisa sul da farsi, quando un valletto in livrea uscì di corsa dalla foresta – lo prese per un valletto perché era in livrea, altrimenti dal viso avrebbe creduto che si trattasse di un pesce – e andò a picchiare energicamente all'uscio con le nocche delle dita. La porta fu aperta da un altro valletto in livrea, con una faccia rotonda e degli occhi grossi, come un ranocchio; Alice osservò che entrambi portavano delle parrucche arricciate e incipriate. Le venne la curiosità di sapere di cosa si trattasse, e uscì cautamente dal suo cantuccio nella foresta, mettendosi a origliare.

Il Pesce Valletto cavò da sotto il braccio una letterona grande quasi quanto lui, e la porse all'altro, dicendo solennemente:

«Per la Duchessa. Un invito della Regina per giocare una partita di croquet».

Il Ranocchio Valletto rispose con lo stesso tono di voce, ma cambiando l'ordine delle parole:

«Dalla Regina. Un invito per la Duchessa per giocare una partita di croquet».

Entrambi s'inchinarono sino a terra, con le ciocche dei loro capelli che si confusero insieme. Alice scoppiò in una gran risata, e si rifugiò nel bosco per non farsi sentire;

quando tornò il Pesce Valletto se n'era andato, e l'altro s'era seduto sulla soglia dell'ingresso, fissando il cielo con aria imbambolata. Alice si avvicinò timidamente alla porta e picchiò con le nocche.

«È inutile bussare» disse il valletto, «e questo per due ragioni. La prima è che io sto dalla stessa parte della porta dove stai tu, la seconda è che dentro si sta facendo tanto fracasso e quindi non ti sentirebbe nessuno».

In effetti, si sentiva davvero un gran fracasso all'interno: un guaire e uno starnutire continui, di tanto in tanto un gran scroscio, come se un piatto o una caldaia stessero andando in pezzi.

«Per piacere» domandò Alice, «cosa devo fare per entrare?».

«Il tuo bussare avrebbe un significato» continuò il valletto senza badarle, «se la porta fosse fra noi due. Per esempio, se tu fossi dentro e bussassi, io potrei farti uscire, capisci?».

E parlando continuava a guardare il cielo, il che ad Alice pareva un atto da maleducati.

«Ma forse non può farne a meno» disse fra sé, «ha gli occhi quasi sull'orlo della fronte! Potrebbe però rispondere a qualche domanda...».

«Insomma... cosa devo fare per entrare?» disse Alice ad alta voce.

«Io me ne starò qui fino a domani» osservò il valletto. In quell'istante la porta si aprì, e un gran piatto volò verso la testa del valletto, gli sfiorò il naso e si ruppe in cento pezzi contro un albero più avanti.

«... forse fino a dopodomani!» continuò il valletto come se nulla fosse accaduto.

«Cosa devo fare per entrare?» gridò Alice più forte.

«Devi entrare?» rispose il valletto. «Si tratta di questo principalmente, sai».

Senza dubbio, ma Alice non voleva sentirselo dire.

«È spaventoso» mormorò fra sé, «il modo in cui discutono queste bestie. Mi farebbero diventar matta!». Il valletto colse l'occasione per ripetere l'osservazione con qualche variante:

«Io me ne starò seduto qui per giorni e giorni».

«E io cosa dovrei fare?» domandò Alice.

«Quel che ti pare e piace» rispose il valletto, e si mise a fischiettare.

«È inutile discutere con lui» disse Alice disperata, «è un perfetto imbecille!»

Aprì la porta ed entrò. L'ingresso conduceva subito a una vasta cucina, invasa ovunque dal fumo: la Duchessa sedeva al centro, su uno sgabello a tre piedi, cullando un bambino in seno; la cuoca era di fronte al fornello, mescolando l'interno di un calderone che pareva pieno di minestra.

«C'è di sicuro troppo pepe in quella minestra!» disse Alice a se stessa, non potendo frenare uno starnuto. C'era davvero troppo odore di pepe in aria. Anche la Duchessa starnutiva qualche volta; e quanto al bambino, non faceva altro che starnutire e strillare senza un istante di riposo. I soli due esseri che non starnutivano, nella cucina, erano la cuoca e un grosso gatto, che se ne stava accoccolato vicino al focolare, ghignando con tutta la bocca, da un orecchio all'altro.

«Potrei cortesemente sapere» domandò Alice un po' timidamente, non essendo certa che fosse buona educazione iniziare una conversazione senza essere interpellata, «perché il suo gatto ghigna in quel modo, come se fosse stregato?».

«È uno Stregatto» rispose la Duchessa, «ecco perché. Porcellino!».

Ella pronunciò l'ultima parola con tanta energia che Alice fece un balzo; ma subito comprese che quel titolo era dato al bambino, e non a lei. Così si riprese e continuò:

«Non sapevo che i gatti ghignassero così: anzi, non sapevo neppure che i gatti potessero ghignare». «Tutti possono ghignare» rispose la Duchessa; «e la maggior parte ghignano».

«Non conosco nessuno che sappia farlo» replicò Alice con molto rispetto, contenta finalmente di poter conversare.

«Tu non sai molto» disse la Duchessa, «non c'è da dubbio!».

Il tono secco di questa conversazione non piacque ad Alice, che volle cambiare discorso. Mentre cercava un soggetto, la cuoca tolse il calderone della minestra dal fuoco, e subito si mise a gettare tutto ciò che le stava vicino contro la Duchessa e il bambino...

Scagliò prima le molle, la padella, e l'attizzatoio; poi uno sciame di casseruole, scodelle e piatti. La Duchessa non se ne curava affatto, nemmeno quando veniva colpita; e il bambino guaiva già di suo, tanto che era impossibile dire se i colpi gli facessero male o meno.

«Ma... faccia attenzione!» gridò Alice, saltando qua e là in preda al terrore. «Addio naso!» continuò a dire, mentre un grosso tegame sfiorava il nasino del bimbo e poco mancò non glielo portasse via.

«Se tutti badassero ai fatti loro» esclamò la Duchessa con un grido roco, «il mondo intero girerebbe molto più svelto di quanto non faccia!».

«Non sarebbe un bene» disse Alice, lieta di poter sfoggiare la sua conoscenza. «Pensi che sarebbe del giorno e della notte! La terra, come sa, ci mette ventiquattro ore a girare intorno al suo *asse*...».

«A proposito di *asce*» gridò la Duchessa, «tagliatele la testa!».

Alice guardò con ansia la cuoca per vedere se avesse intenzione di obbedire; ma questa era occupata a girare la minestra e non pareva che avesse ascoltato, perciò andò avanti dicendo:

«Ventiquattro ore, credo; o dodici? Io...».

«Oh, non mi seccare» disse la Duchessa, «ho sempre odiato i numeri!».

E si rimise a cullare il bimbo, cantando una certa ninnananna inventata da lei, dandogli una violenta scossa alla fine d'ogni strofa:

"*Parla duro al tuo bambino,*
dagli botte se starnuta:
ei guaisce il malandrino
perché il pepe mio rifiuta!
Ei ci annoia coi suoi lai".

Coro, al quale si unisce la cuoca:

"*Oh oh oh, oh che guai!*".

Mentre la Duchessa cantava il secondo verso, scuoteva il bimbo su e giù con molta violenza, e il poverino strillava tanto che Alice poté appena udire le parole della canzoncina:

"*Parlo duro al mio bambino,*
lo sculaccio se starnuta;
perché il pepe, il malandrino,
quando ei vuol, non lo rifiuta.
Ei ci annoia coi suoi lai".

Coro:

"*Oh oh oh, oh che guai!*".

«Tieni, lo puoi cullare un po' se ti piace!» disse la Duchessa ad Alice, buttandole il bimbo in braccio. «Vado a prepararmi per giocare una partita a croquet con la Regina».

E uscì in fretta dalla stanza. La cuoca le scaraventò addosso una padella, e per un pelo non la colse. Alice afferrò il bimbo, ma con qualche difficoltà, perché era una creatura stranissima; protendeva le mani e i piedi in tutti i sensi, "proprio come una stella marina" pensò Alice.

Il poverino, quando Alice lo prese, ronfava come una macchina a vapore e continuava a contorcersi e a divincolarsi al punto che, per qualche istante, pensò di non poterlo neanche reggere.

Appena la fanciulla ebbe trovato la maniera di cullarlo a modo – e questo consisté nel ridurlo a una specie di nodo, e nell'afferrarlo al piede sinistro e all'orecchio destro, per impedirgli di sciogliersi – lo portò all'aria aperta.

«Se non mi porto via questo bambino» osservò Alice, «è certo che fra qualche giorno lo ammazzeranno; non sarebbe un assassinio abbandonarlo?» disse le ultime parole a voce alta, e il poverino si mise a grugnire per risponderle, avendo peraltro smesso di starnutire.

«Non grugnire» disse Alice, «non è educazione esprimersi in questo modo».

Il bambino grugnì di nuovo, e Alice lo guardò con ansia in faccia per scoprire cosa lo affliggesse. Aveva un naso troppo all'insù, e non c'era dubbio che somigliasse più a un grugno che a un naso vero e proprio. Inoltre gli occhi gli stavano diventando così piccoli che non parevano quelli di un bambino: nel suo insieme, quell'aspetto ad Alice non piaceva.

"Forse singhiozzava" pensò, e lo guardò di nuovo negli occhi per vedere se ci fossero lacrime. Ma non ce n'erano.

«Carino mio, se tu ti trasformi in un porcellino» disse Alice seriamente, «non voglio aver più nulla a che fare con te. Fai attenzione, dunque!».

Il poverino si rimise a singhiozzare – o a grugnire, chi lo sa, era difficile dirlo – e poi, per un tratto, proseguirono in silenzio. Alice, intanto, cominciava a riflettere:

"Che dovrò fare di questa creatura quando arriverò a casa?".

La creatura grugnì di nuovo e con tanta energia che Alice lo guardò in faccia sgomenta. Non aveva più dubbi: era un porcellino vero e proprio, si convinse che sarebbe stato assurdo portarlo oltre. Così depose la bestiolina in terra, e si sentì sollevata quando la vide zompettare via tranquillamente verso il bosco.

«Se fosse cresciuto, sarebbe stato un ragazzo troppo brutto; ma diventerà un magnifico porco, credo». Le vennero in mente certi fanciulli che conosceva, i quali avrebbero potuto essere degli ottimi porcellini, e stava per dire: "Se si conoscesse il modo infallibile per trasformarli..." quando sussultò di paura, scorgendo lo Stregatto seduto su un ramo d'albero a pochi passi di distanza.

Lo Stregatto si mise semplicemente a ghignare quando vide Alice.

"Sembra di buon umore" pensò lei, "ma ha le unghie molto lunghe e ha tanti denti" perciò si dispose a trattarlo con molto rispetto.

«Stregatto» cominciò a parlargli con un poco di timidezza, perché non sapeva se quel nome gli piacesse. In ogni caso, questi fece un ghigno ancora più stregato. "Bene, gli piace" pensò Alice, così continuò:

«Vorresti dirmi che strada devo prendere?».

«Dipende molto dal luogo dove vuoi arrivare» rispose il gatto.

«Mi importa poco dove...» disse Alice.

«Allora importa poco sapere che strada devi prendere» soggiunse lo Stregatto.

«... purché io arrivi da qualche parte» riprese Alice come per spiegarsi meglio.

«Oh, certo vi giungerai!» disse il gatto, «non hai che da camminare».

Alice non poté che dargli ragione e tentò con un'altra domanda:

«Che razza di gente c'è da queste parti?».

«Da questa parte» rispose lo Stregatto, facendo un cenno con la zampa destra, «abita un Cappellaio Matto; e da quest'altra parte» proseguì indicando con l'altra zampa, «abita una Lepre Marzolina. Visita l'uno o l'altra, sono tutt'e due matti».

«Ma io non voglio andare fra i matti» osservò Alice.

«Oh, non ne puoi fare a meno» disse il gatto, «qui siamo tutti matti. Io sono matto, tu sei matta».

«Come sai che io sono matta?» domandò Alice.

«Tu sei matta» disse lo Stregatto, «altrimenti non saresti venuta qui».

Ad Alice non parve una ragione sufficiente, ma continuò ugualmente:

«E come sai di esser matto?».

«Intanto» spiegò il gatto, «un cane non è matto. Sei d'accordo?».

«Suppongo di sì» rispose Alice.

«Bene» continuò lo Stregatto, «un cane brontola quando è in collera, e agita la coda quando è contento. Ora io brontolo quando sono contento e agito la coda quando sono triste. Dunque sono matto».

«Io direi fare le fusa e non brontolare» osservò Alice.

«Di' come ti pare» tagliò corto il gatto.

«Oggi vai dalla Regina a giocare a croquet?».

«Sì, ci andrei» rispose Alice, «ma non sono stata ancora invitata».

«Mi rivedrai da lei» disse lo Stregatto, e scomparve.

Alice non se ne sorprese; si stava abituando a vedere cose strane. Mentre guardava ancora il posto occupato dallo Stregatto, eccolo ricomparire di nuovo.

«A proposito, che ne è stato del bambino?» fece il gatto. «Avevo dimenticato di domandartelo».

«S'è trasformato in porcellino» rispose Alice tranquillamente, come se la ricomparsa dello Stregatto fosse più che naturale.

«C'era da immaginarselo» disse questi, e svanì di nuovo.

Alice aspettò un poco con la speranza di rivederlo, ma non ricomparve più, e pochi istanti dopo prese la via per raggiungere l'abitazione della Lepre Marzolina.

«Di cappellai ne ho visti tanti» disse fra sé. «Sarà più interessante la Lepre Marzolina. Ma siccome siamo nel mese di maggio, non sarà poi tanto matta... almeno sarà meno matta che in marzo».

Mentre diceva così guardò in alto, e vide di nuovo lo Stregatto, seduto sul ramo d'un albero.

«Hai detto porcellino o porcellana?» domandò il gatto.

«Ho detto porcellino» rispose Alice, «ma ti prego di non apparire e scomparire con tanta rapidità: mi fai girare la testa!».

«Hai ragione» disse lo Stregatto; e questa volta svanì piano piano, cominciando con la fine della coda e finendo col ghigno, il quale rimase per qualche tempo sul ramo, anche dopo che il resto del corpo si era dissolto.

«Curioso! Ho visto spesso un gatto senza ghigno, ma mai un ghigno senza gatto. È la cosa più strana che mi sia capitata!» osservò Alice.

Non s'era allontanata di molto, quando arrivò di fronte alla dimora della Lepre Marzolina: pensò che fosse proprio quella, perché i comignoli avevano la forma di orecchie, e il tetto era coperto di pelo. La casa era così grande che non osò avvicinarsi se non dopo aver sbocconcellato un po' del fungo che aveva nella sinistra, ed esser cresciuta quasi sessanta centimetri di altezza: ma questo non la rendeva più coraggiosa. Mentre si avvicinava, diceva fra sé:

«E se poi fosse pazza furiosa? Forse sarebbe stato meglio andare dal Cappellaio Matto».

7
Un tè di matti

Sotto un albero di fronte alla casa c'era una tavola apparecchiata. Vi prendevano il tè la Lepre Marzolina e il Cappellaio Matto. Fra di loro c'era un Ghiro profondamente addormentato, ed essi se ne servivano come se fosse stato un guanciale, poggiandogli addosso i gomiti e parlandogli sulla testa.

"Un gran disturbo per il Ghiro" pensò Alice, "ma siccome dorme, immagino che non se ne possa importare poi tanto".

La tavola era vasta, ma i tre stavano stretti tutti in un angolo:

«Non c'è posto! Non c'è posto!» gridarono, vedendo Alice avvicinarsi.

«C'è tanto posto, invece!» disse Alice sdegnata, e si sdraiò in una gran poltrona, posta a un'estremità della tavola.

«Vuoi un po' di vino?» domandò la Lepre Marzolina affabilmente. Alice osservò la mensa, e vide che non c'era altro che tè.

«Non vedo il vino» osservò lei.

«Non ce n'è» replicò la lepre.

«Ma non è gentile invitare a bere quel che non c'è» disse Alice in collera.

«Se è per questo non è stato gentile, da parte tua, sederti qui senza essere invitata» osservò la Lepre Marzolina.

«Non sapevo che la tavola ti appartenesse» rispose Alice, «è apparecchiata per più di tre».

«Dovresti farti tagliare i capelli» disse il Cappellaio Matto. Egli aveva osservato Alice per qualche istante con molta curiosità, e quelle furono le sue prime parole.

«Non dovresti fare osservazioni personali» disse Alice un po' severa. «È sgarbato».

Il Cappellaio Matto spalancò gli occhi; ma quel che rispose fu questo:

«Perché un corvo somiglia a uno scrittoio?».

"Ecco, adesso ci divertiremo" pensò Alice. "Sono contenta che abbiano iniziato a proporre degli indovinelli…".

« … credo di poterlo indovinare» aggiunse ad alta voce.

«Intendi dire che credi di trovare la risposta?» domandò la Lepre Marzolina.

«Esatto» rispose Alice.

«Ebbene, dicci ciò che intendi» disse la Lepre Marzolina.

«Ecco» riprese Alice in fretta, «almeno intendo ciò che dico… è lo stesso, capisci».

«Ma che lo stesso!» disse il Cappellaio Matto. «Sarebbe come dire che "vedo ciò che mangio" sia lo stesso di "mangio quel che vedo"».

«Sarebbe come dire» aggiunse la lepre, «che "mi piace ciò che prendo" sia lo stesso di "prendo ciò che mi piace"».

«Sarebbe come dire» aggiunse il Ghiro, che pareva parlasse nel sonno, «che "respiro quando dormo" sia lo stesso di "dormo quando respiro"».

«È lo stesso per te» disse il Cappellaio Matto.

E qui la conversazione cadde, tutti stettero muti per un po', mentre Alice cercava di farsi tornare in mente ciò che sapeva sui corvi e sugli scrittoi, il che non era molto. Il Cappellaio Matto fu il primo a rompere il silenzio.

«Quanti ne abbiamo oggi?» disse, rivolgendosi ad Alice. Aveva cavato l'orologio dal taschino e lo guardava con un certo timore, scuotendolo di tanto in tanto, e portandoselo all'orecchio. Alice meditò un po' e rispose:

«Oggi ne abbiamo quattro».

«Sbaglia di due giorni!» osservò sospirando il Cappellaio Matto. «Te lo avevo detto che il burro avrebbe guastato il congegno!» soggiunse guardando con disgusto la Lepre Marzolina.

«Il burro era ottimo» rispose umilmente questa.

«Sì, ma devono esserci entrate anche delle molliche di pane» borbottò il Cappellaio Matto. «Non dovevi metterlo dentro col coltello del pane».

La Lepre Marzolina prese l'orologio e lo guardò malinconicamente: poi lo inzuppò nella sua tazza di tè, e l'osservò di nuovo, ma non seppe far altro che ripetere l'osservazione di prima:

«Il burro era ottimo, sai».

Alice, che l'aveva guardato curiosamente, con la coda dell'occhio, disse:

«Che strano orologio! Segna i giorni e non le ore».

«Perché?» esclamò il Cappellaio Matto. «Il tuo orologio segna in che anno siamo, magari?».

«No» si affrettò a rispondere Alice, «ma l'orologio segna lo stesso anno per molto tempo».

«Quello lo fa anche il mio» rispose il Cappellaio Matto.

Alice ebbe un istante di grande confusione. Le pareva che l'osservazione di quel cappellaio non avesse alcun senso; e pure egli parlava correttamente.

«Non ti capisco del tutto...» disse con la maggiore delicatezza possibile.

«Il Ghiro s'è di nuovo addormentato» disse il Cappellaio Matto, e gli versò sul naso un po' di tè bollente. Il Ghiro scosse la testa con un fremito d'impazienza, e senza aprire gli occhi disse:

«Già! Già! Stavo per dirlo io».

«Credi ancora di aver risolto l'indovinello?» disse il Cappellaio Matto, rivolgendosi di nuovo ad Alice.

«No, ci rinuncio» rispose Alice. «Qual è la risposta?».

«Non la so» rispose il Cappellaio Matto.

«Neppure io» rispose la Lepre Marzolina.

Alice sospirò seccata, e disse:

«Credo che potresti fare qualche cosa di meglio che perdere il tuo tempo proponendo indovinelli senza senso, no?».

«Se tu conoscessi il tempo come lo conosco io» rispose il Cappellaio Matto, «non diresti che lo perdiamo. Domandaglielo».

«Non capisco che vuoi dire» osservò Alice.

«Certo che non lo capisci!» disse il Cappellaio Matto, scuotendo il capo con aria di disprezzo.

«Scommetto che tu non hai mai parlato col tempo».

«Forse no» rispose prudentemente Alice, «ma so che devo battere il tempo quando studio la musica».

«Ahi, adesso si spiega» disse il Cappellaio Matto. «Il tempo non vuol essere battuto. Se tu avessi un buon rapporto con lui, farebbe dell'orologio ciò che vuoi tu. Per esempio, supponi che siano le nove, l'ora delle lezioni: basterebbe che gli dicessi una parolina all'orecchio, e in un lampo la lancetta andrebbe avanti! Mezzogiorno... l'ora di pranzo!».

«Vorrei che fosse mezzogiorno» bisbigliò fra sé la Lepre Marzolina.

«Sarebbe magnifico, davvero» disse Alice pensierosa, «ma non avrei fame a quell'ora, capisci?».

«In un primo momento, forse, no» riprese il Cappellaio Matto, «ma potresti fermarlo sulle dodici quanto ti pare e piace».

«E tu fai così?» domandò Alice. Il Cappellaio Matto scosse mestamente la testa e rispose:

«Io no. Nel marzo scorso abbiamo litigato... proprio quando diventò matta lei...» e indicò col cucchiaio la Lepre Marzolina. «Fu al gran concerto dato dalla Regina di Cuori... lì dovetti cantare:

“Splendi, splendi, pipistrello!
Su pel cielo vai bel bello!”.

Conosci quest’aria?».

«Ho sentito qualche cosa di simile» disse Alice.

«Senti, fa così» continuò il Cappellaio:

“Non t’importa d’esser solo
e sul mondo spieghi il volo.
Splendi, splendi...”.

A questo punto il Ghiro si riscosse, e cominciò a cantare nel sonno:

“Teco il pane; teco il pane aggiungerò...”.

Così andò avanti fino a che gli dovettero dare dei pizzicotti per farlo tacere.

«Ebbene, avevo appena finito di cantare la prima strofa» disse il Cappellaio, «quando la Regina proruppe infuriata: “Sta ammazzando il tempo! Tagliategli la testa!”».

«Che ferocia!» esclamò Alice.

«E da allora» continuò malinconicamente il Cappellaio Matto, «il tempo non fa più nulla di quel che voglio io! Segna sempre le sei!».

Alice ebbe un’idea luminosa e domandò:

«È per questo forse che vi sono tante tazze apparecchiate?».

«Per questo» rispose il Cappellaio Matto, «è sempre l'ora del tè, e non abbiamo mai tempo di risciacquare le tazze negl'intervalli».

«Così le fate girare a turno, immagino... disse Alice».

«Proprio così» replicò il Cappellaio, «man mano che vengono usate».

«Ma come fate per cominciare da capo?» si avventurò a chiedere Alice.

«Se cambiassimo discorso?» disse la Lepre Marzolina sbadigliando. «Questo discorso mi annoia tanto. Desidero che la signorina ci racconti una storiella».

«Temo di non saperne nessuna» rispose Alice con un po' di timore davanti a quella proposta.

«Allora ce la racconterà il Ghiro!» gridarono entrambi. «Risvegliati Ghiro!» e gli dettero dei forti pizzicotti dai due lati. Il Ghiro aprì lentamente gli occhi, e disse con voce debole e roca:

«Io non stavo dormendo! Ho sentito parola per parola ciò che avete detto».

«Raccontaci una storiella!» disse la Lepre Marzolina.

«Per piacere, diccene una!» supplicò Alice.

«E sbrigati!» disse il Cappellaio, «sennò ti riaddormenterai prima di finirla».

«C'erano una volta tre sorelle» cominciò in gran fretta il Ghiro. «Si chiamavano Elsa, Lucia e Tilla; abitavano in fondo a un pozzo...».

«Che cosa mangiavano?» domandò Alice, che s'interessava sempre molto al mangiare e al bere.

«Mangiavano melassa» rispose il Ghiro dopo averci pensato un poco.

«Impossibile» osservò gentilmente Alice, «si sarebbero ammalate».

«E infatti erano ammalate» rispose il Ghiro, «gravemente ammalate».

Alice cercò di immaginarsi quella strana maniera di vivere, ma ne fu più che confusa e continuò:

«Ma perché se ne stavano in fondo a un pozzo?».

«Prendi un po' più di tè!» disse la Lepre Marzolina con molta serietà.

«Non ne ho avuto ancora una goccia» rispose Alice in tono offeso, «come faccio a prenderne un po' di più?».

«Vuoi dire che non ne puoi prendere meno» disse il Cappellaio Matto. «È molto più facile prenderne più di nulla che meno di nulla».

«Nessuno ha chiesto il tuo parere» aggiunse Alice.

«Chi è ora che fa delle osservazioni personali?» domandò il Cappellaio Matto con aria trionfale.

Alice non seppe che rispondere; ma prese una tazza di tè con pane e burro, e volgendosi al Ghiro gli ripeté la domanda:

«Perché se ne stavano in fondo a un pozzo?».

Il Ghiro si prese un minuto o due per riflettere, e rispose:

«Era un pozzo di melassa».

«Ma non s'è sentita mai una cosa simile!» lo interruppe Alice sdegnata. Ma la Lepre Marzolina e il Cappellaio Matto facevano: «*Shhh! Shhh!*» e il Ghiro continuò burbero:

«Se non hai educazione, finisciti la storiella per conto tuo».

«No, continua pure!» disse Alice con tono sommesso. «Non ti interromperò più. Forse esiste un pozzo così».

«Soltanto uno!» rispose il Ghiro indignato. In ogni caso acconsentì a continuare:

«E quelle tre sorelle... imparavano a trarne...».

«Che cosa traevano?» domandò Alice, dimenticando che aveva promesso di tacere.

«La melassa» rispose il Ghiro, questa volta senza riflettere.

«Mi occorre una tazza pulita» si inserì il Cappellaio «Spostiamoci tutti di un posto avanti».

Mentre parlava si mosse, e il Ghiro lo seguì: la Lepre Marzolina occupò il posto del Ghiro, e Alice si sedette di malavoglia al posto della lepre. Solo il Cappellaio Matto fu avvantaggiato dallo spostamento mentre Alice si trovò peggio di prima, perché la Lepre Marzolina aveva rovesciato il bricco del latte nel piatto. Alice, senza voler offendere di nuovo il Ghiro, disse con molta discrezione:

«Non capisco bene. Come si procuravano la melassa?».

«Puoi procurarti l'acqua da un pozzo d'acqua?» domandò il Cappellaio Matto. «Così, immagina che potresti procurarti la melassa da un pozzo di melassa... sei davvero una sciocchina, eh?».

«Ma loro erano *nel* pozzo» disse Alice al Ghiro.

«Sicuro, e ci stavano bene» disse il Ghiro. «Imparavano a ricavare...» continuò il Ghiro, sbadigliando e stropicciandosi gli occhi, perché crollava dal sonno, «e ricavavano cose d'ogni genere... tutte le cose che cominciano con una T...».

«Perché con una T?» domandò Alice.

«Perché no?!» gridò la Lepre Marzolina.

Alice non disse più sillaba. Il Ghiro intanto aveva chiuso gli occhi cominciando a sonnecchiare; ma, pizzicato dal Cappellaio Matto, si destò con un grido, e continuò:

«... che cominciano con una T come una trappola, un topo, una topaia, un troppo... Già, tu dirai: "Il troppo stroppia" ma hai mai visto cos'è *realmente* un troppo che stroppia?».

«Veramente, ora che me lo domandi» replicò Alice, molto confusa, «non saprei...».

«Allora sta' zitta» disse il Cappellaio Matto. Questo saggio di maleducazione sdegnò molto Alice, la quale si alzò e uscì fuori. Il Ghiro si addormentò immediatamente, e nessuno degli altri due si accorse che Alice se n'era andata, benché lei si fosse voltata una o due volte, con una mezza speranza d'essere richiamata: l'ultima volta vide che essi cercavano di immergere il Ghiro nella teiera.

«Non ci tornerò mai più» disse Alice entrando nel bosco. «È la gente più stupida che io abbia mai conosciuto».

Mentre parlava così osservò un albero dove si scorgeva un ingresso nel tronco.

"Curioso" pensò Alice. "Ma oggi ogni cosa è curiosa. Credo che farò bene a entrarci subito".

Ed entrò.

Si trovò di nuovo nella vasta sala, vicina al tavolino di vetro.

«Questa volta saprò fare di meglio» disse; prese la chiavetta d'oro e aprì la porta che conduceva al giardino. Poi si mise a sbocconcellare il fungo – ne aveva conservato un pezzetto in tasca – fino a raggiungere una trentina di centimetri di altezza o giù di lì. Percorse il piccolo corridoio e poi si trovò finalmente nel magnifico giardino, in mezzo alle aiuole piene di fiori e alle freschissime fontane.

8
Il croquet della Regina

All'ingresso del giardino c'era un gran cespuglio di rose. Quelle germogliate erano bianche, ma lì intorno tre giardinieri erano occupati a dipingerle di rosso.

"È strano!" pensò Alice, e s'avvicinò per osservarli. Come fu loro accanto, sentì dire da uno:

«Bada, Cinque! Non mi schizzare la tua tinta addosso!».

«E che vuoi da me?» rispose Cinque in tono burbero. «Sette mi ha urtato il braccio».

Sette lo guardò e disse: «Ti pareva! Cinque dà sempre la colpa agli altri!».

«Tu faresti meglio a tacere!» disse Cinque. «Proprio ieri la Regina diceva che meriteresti di essere decapitato!».

«Perché?» domandò il primo che aveva parlato.

«Questo non ti riguarda, Due!» rispose Sette.

«Sì, che gli riguarda!» disse Cinque. «E glielo dirò io... perché hai portato al cuoco bulbi di tulipani invece di cipolle».

Sette scagliò lontano il pennello, e stava lì lì per dire: "Di tutte le cose le più ingiuste..." quando incontrò gli occhi di Alice e si mangiò il resto della frase. Gli altri, allo stesso modo, si misero a guardarla e le fecero tutti insieme una profonda riverenza.

«Volete gentilmente dirmi» domandò Alice, con molta timidezza, «perché state dipingendo quelle rose?».

Cinque e Sette non risposero, ma diedero uno sguardo a Due. Due disse allora sottovoce:

«Perché questo qui doveva essere un rosaio di rose rosse. Per sbaglio ne abbiamo piantato uno di rose bianche. Se la Regina se ne accorgesse, ci farebbe tagliare la testa a tutti. Così, signorina, facciamo il possibile per rimediare prima che essa venga a…».

In quell'istante Cinque, che si guardava attorno pieno d'ansia, gridò: «La Regina! La Regina!» e i tre giardinieri si gettarono immediatamente a faccia a terra. Si sentì un gran scalpiccio, e Alice si girò curiosa per vedere la Regina.

Prima comparvero dieci soldati armati di bastoni. Essi avevano la stessa forma dei tre giardinieri, oblunghi e piatti, le mani e i piedi agli angoli: seguivano dieci cortigiani, tutti rilucenti di diamanti, che sfilavano a due a due come i soldati. Venivano quindi i principi reali, divisi a coppie, che saltellavano a due a due, tenendosi per mano: erano ornati di cuori. Poi sfilavano gli invitati, la maggior parte re e regine, e fra loro Alice riconobbe il Bianconiglio che discuteva in fretta e nervosamente, sorridendo a ogni cosa fosse detta. Passò davanti ad Alice, ma non le prestò alcuna attenzione.

Seguiva il fante di cuori, portando la corona reale sopra un cuscino di velluto rosso; e in fondo a tutta quella gran processione venivano il Re e la Regina di Cuori. Alice non sapeva se dovesse gettarsi faccia a terra, come i tre giardinieri, non riusciva a ricordare se ci fosse un'usanza simile nei cortei reali.

"E poi, a che servirebbero i cortei" rifletté, "se tutti dovessero stare a faccia per terra e nessuno potesse vederli?".

Così rimase in piedi ad aspettare. Quando il corteo arrivò di fronte ad Alice, tutti si fermarono e la guardarono; poi la Regina gridò con cipiglio severo:

«Chi è costei?» e si volse al fante di cuori, il quale per tutta risposta sorrise e s'inchinò.

«Imbecille!» disse la Regina, scuotendo la testa impaziente; quindi, volgendosi ad Alice, continuò a dire: «Come ti chiami, fanciulla?».

«Maestà, mi chiamo Alice» rispose la fanciulla con molto garbo, ma aggiunse fra sé: «Non è che un mazzo di carte, dopo tutto. Perché dovrei avere paura?».

«E quelli chi sono?» domandò la Regina indicando i tre giardinieri col viso a terra intorno al rosaio; perché, comprendete, stando così in quella posizione, il disegno posteriore rassomigliava a quello del resto del mazzo, e la Regina non poteva distinguere se fossero giardinieri, soldati, cortigiani, o tre dei suoi stessi figlioli.

«Che volete che ne sappia?» rispose Alice, che si meravigliava del proprio coraggio. «È cosa che non mi riguarda». La Regina diventò di porpora per la rabbia e, dopo di averla fissata selvaggiamente come una bestia feroce, gridò:

«Tagliatele la testa, subito!...».

«Siete matta!» rispose Alice a voce alta e con fermezza; e la Regina tacque. Il Re mise la mano sul braccio della Regina, e disse timidamente:

«Rifletti, mia cara, è una bambina!».

La Regina irata gli voltò le spalle e disse al fante:

«Voltateli!».

Il fante obbedì, e con un piede voltò attentamente i giardinieri.

«Alzatevi!» gridò la Regina, e i tre giardinieri si alzarono immediatamente in piedi, inchinandosi innanzi al Re e alla Regina, ai principi reali, e a tutti gli altri.

«Basta!» strillò la Regina. «Mi fate girare la testa». E guardando il rosaio continuò: «Che facevate qui?».

Con buona grazia della Maestà vostra» rispose Due umilmente, piegando il ginocchio a terra, «tentavamo...»

«Ho capito tutto!» disse la Regina, che aveva già osservato le rose. «Tagliate loro la testa!».

E il corteo reale si rimise in moto, lasciando indietro tre soldati, per mozzare la testa agli sventurati giardinieri, che corsero da Alice per esserne protetti.

«Non vi decapiteranno!» disse Alice, e li mise in un grosso vaso da fiori accanto a lei. I tre soldati vagarono qua e là per qualche minuto per cercarli, e poi tranquillamente seguirono gli altri.

«Gli avete mozzato la testa?» gridò la Regina.

«Maestà, le loro teste se ne sono andate!» risposero i soldati.

«Ben fatto!» gridò la Regina. «Sai giocare a croquet?».

I soldati tacevano e guardavano Alice, pensando che la domanda fosse rivolta a lei.

«Sì!» gridò Alice.

«Venite qui dunque!» urlò la Regina. E Alice seguì il corteo, curiosa di vedere il seguito.

«Che bel tempo!» disse una timida voce accanto a lei. Ella s'accorse di camminare accanto al Bianconiglio, che la scrutava in viso con una certa ansia.

«Bene» rispose Alice, «dov'è la Duchessa?».

«*Shhh! Shhh!*» disse il Bianconiglio a voce bassa, con gran fretta. Si guardò ansiosamente intorno alzandosi sulle punte dei piedi, poi si avvicinò la bocca all'orecchio della bambina: «È stata condannata a morte».

«Per quale reato?» domandò Alice.

«Hai detto: "Che peccato?"» chiese il Bianconiglio.

«Ma no» rispose Alice, «ho detto: per quale reato?».

«Ha dato uno schiaffo alla Regina...» cominciò il Bianconiglio.

Alice si sciolse in una risata.

«Zitta!» bisbigliò il Bianconiglio tutto tremante. «Ti potrebbe sentire la Regina! Sai, è arrivata tardi, e la Regina ha detto...».

«Ai vostri posti!» gridò la Regina con voce tonante. E gli invitati si sparpagliarono in tutte le direzioni, l'uno rovesciando l'altro: finalmente, dopo un po', poterono disporsi in un certo ordine, e la partita iniziò. Alice pensava che in vita sua non avesse visto mai un terreno più curioso per giocare a croquet; era tutto a solchi e zolle, le palle erano ricci, le mazze fenicotteri vivi, e le porte soldati vivi, che si dovevano curvare e reggere sulle mani e sui piedi.

La principale difficoltà consisteva nel fatto che Alice non sapesse come maneggiare il suo fenicottero; ma poi riuscì a tenerselo bene avviluppato sotto il braccio, con le gambe penzoloni. Tuttavia, quando gli allungava il collo e si preparava a picchiare il riccio con la testa, il fenicottero girava il capo e poi si metteva a guardarla in faccia con un'espressione di tanto stupore che lei non poteva trattenersi dallo scoppiare dalle risa: e dopo che gli aveva fatto abbassare la testa, e si preparava a ricominciare, ecco che il riccio non era più appallottolato e se n'andava via. Oltre a ciò c'era sempre una zolla o un solco là dove voleva scagliare il riccio, e siccome i soldati incurvati si alzavano e andavano vagando qua e là, Alice si persuase che quel gioco fosse veramente difficile. I giocatori non aspettavano affatto il loro turno, litigando sempre e picchiandosi a causa dei ricci; e in breve la Regina diventò furiosa, e andava qua e là sbattendo i piedi e gridando:

«Mozzategli la testa!» oppure: «Mozzatele la testa!» almeno una volta al minuto.

Alice cominciò a sentirsi un po' a disagio: è vero che non aveva avuto discussioni con la Regina, ma sarebbe potuto succedere da un momento all'altro. Pensò:

"Che ne sarà di me? Qui c'è la smania di troncar teste. Strano che vi sia ancora qualcuno con il collo al suo posto!".

Stava pensando di svignarsela, quando scorse uno strano spettacolo in aria. Prima ne restò sorpresa, ma dopo aver guardato qualche istante, vide un ghigno e disse fra sé:

«È lo Stregatto: potrò finalmente parlare con qualcuno».

«Come va la partita?» disse lo Stregatto, appena ebbe bocca a sufficienza per poter parlare.

Alice aspettò che apparissero gli occhi, e poi fece un cenno col capo.

"È inutile parlargli" pensò, "aspettiamo che appaiano le orecchie, almeno una".

Presto apparve tutta la testa e Alice depose il suo fenicottero, cominciando a raccontare le vicende del gioco, lieta che qualcuno le prestasse attenzione. Il gatto intanto, dopo aver messo in mostra la testa, credé bene di non far apparire il resto del corpo.

«Non credo che giochino realmente» disse Alice lagnandosi. «Litigano con tanto calore che non sentono neanche la loro voce... non hanno regole nel gioco; e se le hanno, nessuno le osserva... E poi c'è una tale confusione con tutti questi oggetti vivi che non c'è modo di raccapezzarsi. Per esempio, ecco la porta che io dovrei attraversare, che scappa via dall'altra estremità del terreno... Avrei dovuto fare croquet col riccio della Regina, ma è fuggito non appena ha visto il mio».

«Ti piace la Regina?» domandò il gatto a voce bassa.

«Per nulla!» rispose Alice. «Essa è tanto...».

Ma s'accorse che la Regina le stava vicino in ascolto, e continuò:

«...abile in questo gioco, che è inutile finire la partita».

La Regina sorrise e passò oltre.

«Con chi parli?» domandò il Re che s'era avvicinato ad Alice, e osservava la testa dello Stregatto con grande curiosità.

«Con un mio amico... lo Stregatto» disse Alice. «Vorrei presentarlo a Vostra Maestà».

«Quel suo sguardo non mi piace» rispose il Re, «però se vuole, può baciarmi la mano».

«Non ho questo desiderio» osservò lo Stregatto.

«Non essere insolente» disse il Re, «e non mi guardare in quel modo».

Parlando si rifugiò dietro Alice.

«Un gatto può guardare in faccia un re» osservò Alice, «l'ho letto in qualche libro, ma non ricordo dove».

«Ma bisogna mandarlo via» disse il Re risoluto; e chiamò la Regina che passava in quel momento:

«Cara mia, vorrei che si mandasse via quel gatto!».

La Regina conosceva un solo modo per sciogliere tutte le difficoltà, grandi o piccole, e senza neppure guardare intorno, gridò:

«Tagliategli la testa!».

«Andrò io stesso a chiamare il boia» disse il Re, e andò via in un baleno.

Alice pensò che intanto poteva ritornare per vedere a che punto era la partita, mentre udiva da lontano la voce della Regina che si adirava urlando. Aveva sentito già condannare a morte tre giocatori che avevano perso il loro turno. Tutto ciò non le piaceva, perché il gioco era diventato una tale confusione che non capiva più se fosse il suo turno di tirare o meno. Si mise così in cerca del suo riccio. Il riccio stava allora combattendo contro un altro riccio; e questa sembrò ad Alice una buona occasione per batterli a croquet l'uno contro l'altro, ma c'era una difficoltà: il suo fenicottero era dall'altro lato del giardino, e Alice lo vide sforzarsi inutilmente di volare su un albero. Quando riuscì ad afferrare il fenicottero e a ricondurlo sul terreno, la battaglia era finita e i due ricci s'erano allontanati.

"Non importa" pensò Alice, "tanto tutte le porte se ne sono andate dall'altro lato del terreno".

Se lo sistemò per benino sotto il braccio per non farselo scappare più, e ritornò dal gatto per riattaccare discorso con lui.

Ma con sorpresa trovò una gran folla raccolta intorno allo Stregatto; il Re, la Regina e il giustiziere urlavano tutti e tre insieme, e gli altri erano silenziosi e malinconici. Quando Alice apparve fu chiamata da tutti e tre per risolvere la questione. Essi le ripeterono i loro argomenti; ma siccome parlavano tutti in una volta, le fu difficile capire cosa volessero. Il boia sosteneva che non si poteva tagliare la testa dove mancava un corpo da cui staccarla; che non aveva mai dovuto fare una cosa simile prima, e che non voleva cominciare a farne alla sua età. L'argomento del Re era il seguente: che ogni essere che ha una testa può essere decapitato, e che il boia non doveva dire sciocchezze. L'argomento della Regina era questo: che se non si fosse eseguito immediatamente il suo ordine, avrebbe ordinato l'esecuzione di quanti la circondavano.

Quest'ultima minaccia aveva reso l'atmosfera drammatica e carica d'ansia.

Alice non seppe dir altro che questo:

«Lo Stregatto è della Duchessa: sarebbe meglio interrogarla».

«Ella è in prigione» disse la Regina al giustiziere. «Conducetela qui».

Il boia volò come una saetta. Andato via il giustiziere, la testa dello Stregatto cominciò a dileguarsi, e quando egli tornò con la Duchessa, non ce n'era più traccia: il Re e il giustiziere corsero qua e là per ritrovarla, mentre il resto della brigata si rimetteva a giocare.

9
Storia della Finta Tartaruga

«Non puoi immaginare la mia gioia nel rivederti, bambina mia!» disse la Duchessa infilando affettuosamente il braccio in quello di Alice, e camminando insieme. Alice fu lieta di vederla di buon umore, e pensò che quando l'aveva vista in cucina fosse stato il pepe, forse, a renderla intrattabile.

«Quando sarò Duchessa» si disse, ma senza troppe speranze che sarebbe successo davvero, «non vorrò avere neppure un granello di pepe in cucina. La minestra è saporita anche senza pepe. È il pepe, di sicuro, che irrita tanta gente» continuò soddisfatta d'aver scoperto una sorta di nuova teoria. «L'aceto la inacidisce... la camomilla la fa amara... e i confetti e i pasticcini addolciscono il carattere dei bambini. Se tutti lo sapessero, non si risparmierebbero tanto davanti ai dolci».

In quell'istante aveva quasi dimenticato la Duchessa, e sussultò quando si sentì dire all'orecchio:

«Hai qualche pensiero per la testa, cara mia, e dimentichi di parlarmi. Ora non posso dirti la morale, ma me ne ricorderò a breve».

«Forse non ne ha» Alice si arrischiò di osservare.

«Zitta! Taci, bambina!» disse la Duchessa. «Ogni cosa ha la sua morale, se si sa trovarla».

E la strinse ancora più a sé. Ad Alice non piaceva esserle così vicina; primo, perché la Duchessa era bruttissima; secondo, perché era così alta che poggiava il mento sulle spalle d'Alice, un mento terribilmente appuntito! Ma non volle mostrarsi scortese, e sopportò quel fastidio con molta buona volontà.

«La partita va meglio, ora» disse per alimentare un po' la conversazione.

«Eh sì» rispose la Duchessa, «e questa è la morale: "È l'amore, è l'amore che fa girare il mondo"».

«Ma *qualcuno* aveva detto invece» bisbigliò Alice, «che se ognuno badasse a sé, il mondo andrebbe meglio».

«Bene! È lo stesso» disse la Duchessa, conficcando il suo mento aguzzo nelle spalle d'Alice. «E la morale è questa: "Guardate al senso; le sillabe si guarderanno da sé"».

"Come si diletta a trovare la morale in tutto!" pensò Alice.

«Scommetto che sei sorpresa perché non ti cingo la vita col braccio» disse la Duchessa dopo qualche istante, «ma è solo perché non so di che carattere sia il tuo fenicottero. Vogliamo fare una prova?». «Potrebbe morderla» rispose Alice, che non desiderava simili esperimenti.

«È vero» disse la Duchessa, «i fenicotteri e la mostarda non fanno che mordere, e la morale è questa: "Gli uccelli della stessa specie se ne vanno insieme"».

«Ma... la mostarda non è un uccello» osservò Alice.

«Bene, come sempre» disse la Duchessa, «tu dici le cose con molta chiarezza!».

«È un minerale, credo» proseguì Alice.

«Già» rispose la Duchessa, che pareva accettare tutto quello che diceva Alice. «In questi dintorni c'è una miniera di mostarda e la morale è questa: "La miniera è la maniera di truffar la gente intera"».

«Oh, lo so!» esclamò Alice, che non aveva badato alle ultime parole udite. «È un vegetale, anche se non sembra».

«Proprio così» disse la Duchessa, «e la morale è questa: "Sii ciò che vuoi apparire" o, se vuoi che te la dica più semplicemente: "Non credere mai di essere diversa da quella che appari agli altri di essere o di essere stata, o che tu possa essere, e l'essere non è altro che l'essere di quell'essere ch'è l'essere dell'essere, e non diversamente"».

«Credo che... la intenderei meglio se me la scrivesse» disse Alice con molto garbo, «non riesco a seguire con la mente ciò che dice».

«Questo è nulla rispetto a quel che potrei dire, se ne avessi voglia» aggiunse la Duchessa.

«Non si scomodi a dire qualche altra cosa più lunga» disse Alice.

«Non mi scomodo affatto, anzi!» rispose la Duchessa. «Ti ho fatto un regalo, con ciò che ti ho detto finora».

"Un regalo che non costa nulla" pensò Alice. "Meno male che per gli onomastici e i compleanni non si fanno regali simili". Ma non osò dirlo a voce alta.

«Sempre tra le nuvole?» domandò la Duchessa, dando alla spalla della bambina un altro colpo col suo mento acuminato.

«Avrò le mie ragioni!» rispose vivamente Alice, perché cominciava a sentirsi un po' seccata. E la Duchessa:

«La stessa ragione che hanno i porci di volare: e la mor...».

A quel punto, con grande sorpresa d'Alice, la voce della Duchessa andò affievolendosi e si spense in mezzo alla sua parola del cuore: "morale". Il braccio che si trovava in quello d'Alice cominciò a tremare. Alice alzò gli occhi, e vide la Regina ritta di fronte a loro due, le braccia conserte, le ciglia aggrottate, come un uragano.

«M-maestà, c-che bella giornata!» balbettò la Duchessa con voce bassa e fioca.

«Vi avverto prima» gridò la Regina, battendo i piedi a terra, «o voi o la vostra testa dovranno andarsene immediatamente! Scegliete!».

La Duchessa scelse e in un attimo sparì.

«Ritorniamo alla partita» disse la Regina ad Alice; ma questa era troppo spaventata, e non pronunciò una sillaba, seguendola lentamente sul terreno.

Gli invitati intanto, approfittando dell'assenza della Regina, si riposavano all'ombra: però appena la videro ricomparire tornarono ai loro posti. La Regina accennò appena al fatto che, se avessero ritardato un momento solo, avrebbero perso la vita. Mentre giocavano, la Regina continuava a litigare con gli altri giocatori, gridando sempre: «Tagliategli la testa!» oppure «Tagliatele la testa!».

I condannati a morte venivano arrestati dai soldati che dovevano fungere da porta nel corso del gioco, e così in meno di mezz'ora non c'erano più porte, e tutti i giocatori, eccezion fatta per il Re, la Regina e Alice, erano in arresto e destinati al boia.

Finalmente la Regina abbandonò la partita, senza più fiato, e disse ad Alice:

«Non hai visto ancora la Finta Tartaruga?».

«No» disse Alice. «Non so neppure cosa sia la Finta Tartaruga».

«È quella con cui si fa la minestra di Finta Tartaruga» disse la Regina.

«Non l'ho mai vista, né sentito parlare» aggiunse Alice.

«Vieni dunque» disse la Regina, «ed essa ti racconterà la sua storia».

Mentre andavano insieme, Alice sentì che il Re diceva a voce bassa a tutti i condannati:

«Faccio grazia a tutti».

«Oh, come sono contenta!» disse fra sé Alice, perché era molto in pena per tutte quelle condanne ordinate dalla Regina.

Presto arrivarono nei pressi di un Grifone sdraiato e addormentato al sole.

«Su, su, pigrone!» disse la Regina, «Conducete questa bambina a vedere la Finta Tartaruga che le narrerà la sua storia. Io debbo tornare indietro per assistere alle esecuzioni che ho ordinato».

E andò via lasciando Alice sola col Grifone. Alla bambina l'aspetto della bestia non piacque affatto, ma poi riflettendo sul fatto che, dopo tutto, andare col Grifone era più sicuro che stare con quella feroce Regina, rimase in attesa.

Il Grifone si alzò, si sfregò gli occhi, aspettò che la Regina sparisse del tutto e poi si mise a sghignazzare.

«Che commedia!» disse il Grifone, parlando un po' per sé, un po' per Alice.

«Quale commedia?» domandò Alice.

«Quella della Regina» aggiunse il Grifone. «È una sua mania, ma a nessuno viene tagliata la testa, mai. Vieni!».

«Qui tutti mi dicono: "Vieni!"» osservò Alice, seguendolo lentamente. «Non sono mai stata comandata così in tutta la mia vita!».

Non s'erano allontanati di molto che scorsero a distanza la Finta Tartaruga, seduta malinconicamente sull'orlo d'una rupe. Avvicinatasi un po' più, Alice la sentì sospirare come se il suo cuore stesse andando in frantumi. Ne ebbe compassione.

«Che ha?» domandò al Grifone, e questi rispose quasi con le stesse parole di prima:

«È in preda a una sua fantasia, ma non ha nulla. Vieni!».

E andarono verso la Finta Tartaruga, che li guardò con gli occhioni pieni di lacrime, ma senza proferire parola.

«Questa bambina» disse il Grifone, «vorrebbe sentire la tua storia, vorrebbe».

«Gliela dirò» rispose la Finta Tartaruga, con voce profonda. «Sedete, e non dite una sillaba prima che io termini».

Così si sedettero e per qualche minuto nessuno parlò. Alice intanto osservò fra sé: «Come potrà mai finire se non comincia mai?» ma aspettò pazientemente.

«Una volta» disse finalmente la Finta Tartaruga con un grande sospiro, «io ero una tartaruga vera». Quelle parole furono seguite da un lungo silenzio, interrotto da qualche «*Hjckrrh!*» del Grifone e dai continui e grossi singhiozzi della Finta Tartaruga. Alice stava per alzarsi e dirle: "Grazie della vostra storia interessante" quando pensò che ci dovesse essere qualche altra cosa, così sedette tranquillamente senza dir nulla.

«Quando eravamo piccini» riprese finalmente la Finta Tartaruga, un po' più tranquilla, ma sempre singhiozzando a tratti, «andavamo a scuola al mare. La maestra era una vecchia testuggine, noi la chiamavamo Tartaru...».

«Perché la chiamavate Tartaruga se non era tale?» domandò Alice.

«La chiamavamo Tartaruga, perché c'insegnava tartagliando» disse la Finta Tartaruga con dispetto. «Hai poco sale in zucca!».

«Ti dovresti vergognare di fare domande così semplici» aggiunse il Grifone; poi tacquero ed entrambi puntarono gli occhi sulla povera Alice, che avrebbe preferito sprofondare sotto terra. Finalmente il Grifone disse alla Finta Tartaruga: «Va' avanti, cara mia! E non ti dilungare tanto!».

Così la Finta Tartaruga continuò:

«Andavamo a scuola al mare, anche se tu non ci crederai...».

«Non ho mai detto questo!» la interruppe Alice.

«Sì che l'hai detto» disse la Finta Tartaruga.

«Zitta!» soggiunse il Grifone, prima che Alice potesse rispondere. La Finta Tartaruga continuò:

«Fummo educate benissimo... infatti andavamo a scuola tutti i giorni...».

«Anch'io andavo a scuola ogni giorno» disse Alice, «non serve inorgoglirsi per così poco».

«E avevate dei corsi facoltativi?» domandò la Finta Tartaruga con ansia.

«Sì» rispose Alice, «imparavamo il francese e la musica».

«E il bucato?» disse la Finta Tartaruga.

«No, il bucato, no» disse Alice indignata.

«Ah! E allora che scuola era?» osservò la Finta Tartaruga, come se si sentisse sollevata. «Nella nostra, stavano alla fine del programma: "Corsi facoltativi: francese, musica, e bucato"».

«E vivendo in fondo al mare» disse Alice, «a che vi serviva?».

«Non ebbi mai modo di impararlo» aggiunse sospirando la Finta Tartaruga. «Così seguii soltanto i corsi ordinari».

«Ed erano...?» domandò Alice.

«Annaspare e contorcersi, prima di tutto» rispose la Finta Tartaruga. «E poi le diverse operazioni dell'aritmetica... ambizione, distrazione, bruttificazione, e derisione».

«Non ho mai sentito parlare della bruttificazione» disse Alice. «Che cos'è?».

Il Grifone alzò le due zampe in segno di sorpresa ed esclamò:

«Mai sentito parlare di bruttificazione? Ma immagino tu sappia cosa significhi bellificazione, spero».

«Sì» rispose Alice, ma un po' incerta: «Significa... rendere... qualche cosa... più bella».

«Ebbene» continuò il Grifone, «se non sai che significa bruttificazione vuol dire proprio che sei fuori di testa».

Alice non si sentiva incoraggiata a fare altre domande. Così si volse alla Finta Tartaruga e disse:

«Che altro dovevate imparare?».

«C'era il mistero...» rispose la Finta Tartaruga, contando le materie sulle pinne, «il mistero antico e moderno con la oceanografia: poi il disdegno... il maestro di disdegno era un vecchio grongo, e veniva una volta alla settimana: c'insegnava il disdegno, il passaggio, e lo svenimento tattico».

«E che cos'era?» disse Alice.

«Non te la potrei mostrare» rispose la Finta Tartaruga, «perché vedi, sono tutta d'un pezzo. E il Grifone non l'ha mai imparata».

«Non ebbi il tempo» rispose il Grifone, «ma studiai bene le lingue classiche. Ho avuto per maestro un vecchio granchio, sapete».

«Non andai mai da lui» disse la Finta Tartaruga con un sospiro, «dicevano che insegnasse allegria e afflizione».

«Proprio così» disse il Grifone, sospirando anche lui, ed entrambe le bestie si nascosero la faccia tra le zampe.

«Quante ore di lezione al giorno avevate?» disse prontamente Alice per cambiare discorso.

«Dieci ore il primo giorno» rispose la Finta Tartaruga, «nove il secondo, e così di seguito».

«Che strano metodo!» esclamò Alice.

«Ma è questa la ragione perché si chiamano *lezioni*» osservò il Grifone, «perché diventano *leziose* giorno dopo giorno».

Era un concetto nuovo per Alice, e ci pensò su un poco, prima di fare questa osservazione:

«Allora l'undecimo giorno era vacanza?».

«Naturalmente» disse la Finta Tartaruga.

«E che si faceva il dodicesimo?» domandò Alice impaziente.

«Basta parlare di lezioni... ora dille qualcosa sui giochi» si inserì il Grifone, in tono molto risoluto.

10
La Quadriglia delle Aragoste

La Finta Tartaruga cacciò un gran sospiro e si passò il rovescio di una pinna sugli occhi. Guardò Alice e cercò di parlare, ma per qualche istante ne fu impedita dai singhiozzi.

«Come se avesse un ossicino in gola» disse il Grifone, e si mise a scuoterla e a batterle la schiena. Finalmente la Finta Tartaruga recuperò la voce e, con le lacrime che le solcavano le guance, riprese:

«Forse tu non hai vissuto a lungo sott'acqua…».

«Certo che no» disse Alice.

«… e forse non sei mai stata presentata a un'aragosta…».

Alice stava per dire: "Una volta ne assaggiai…" ma troncò la frase e disse:

«No mai».

«… quindi non sei capace di farti un'idea della bellezza della Quadriglia delle Aragoste?».

«No, davvero» rispose Alice. «Cos'è mai la Quadriglia delle Aragoste?».

«Ecco» disse il Grifone, «prima di tutto si forma una linea lungo la spiaggia…».

«Due!» gridò la Finta Tartaruga. «Foche, testuggini di mare, salmoni e simili: poi quando si sono tolti dalla spiaggia i polipi…».

«E generalmente così facendo si perde del tempo» interruppe il Grifone.

«... si fa un *avant-deux*».

«Ciascuno con un'aragosta per cavaliere» gridò il Grifone.

«Eh già!» confermò la Finta Tartaruga: «Si fa un *avant-deux*, e poi un *balancé*...».

«Si scambiano le aragoste e si ritorna *en place*» continuò il Grifone.

«Poi, sai» continuò la Finta Tartaruga, «si scaraventano le...».

«Le aragoste!» urlo il Grifone, saltando come un matto.

«... nel mare, più lontano che si può...».

«Quindi gli si nuota appresso!» strillò il Grifone.

«Si fa una capriola nel mare!» gridò la Finta Tartaruga, saltellando qua e là come una pazza.

«Si scambiano di nuovo le aragoste!» aggiunse il Grifone al culmine dell'enfasi.

«Si ritorna di nuovo a terra, e... e questa è la prima figura» disse la Finta Tartaruga, abbassando di nuovo la voce. E le due bestie, che poco prima saltavano come matte, si accosciarono malinconicamente e guardarono Alice.

«Vuoi vederne un saggio?» domandò la Finta Tartaruga.

«Mi piacerebbe molto» disse Alice.

«Coraggio, proviamo la prima figura!» disse la Finta Tartaruga al Grifone. «Possiamo farla senza aragoste. Chi canta?».

«Canta tu» disse il Grifone. «Io ho dimenticato le parole».

E cominciarono a ballare con solennità intorno ad Alice, pestandole i piedi di quando in quando, e agitando le zampe anteriori per battere il tempo. La Finta Tartaruga cantava piano, malinconicamente:

"Alla chiocciola il nasello: «Su» dicea, «cammina presto;
mi vien dietro un cavalluccio, che uno stinco m'ha già pesto:
guarda un po' quante testuggini s'accalcan per ballare!

Ti si aspetta sulla rena e raggiungerci potrai.
Cosa fai, non vuoi danzare? Vuoi danzare sì o no?
Cosa fai, non vuoi danzare? Vuoi danzare sì o no?».

Tu non sai quant'è squisita, come è dolce questa danza
quando in mar ci fan tuffare senza un'ombra di esitanza!».
Ma la chiocciola rispose: «Grazie, caro, è assai lontano,
e arrivar colà non posso camminando così piano».

Ringraziò per la richiesta ma alla danza non si unì.
Non avrebbe mai potuto, poverina, non fin lì!
Non avrebbe mai potuto, poverina, non fin lì!

«Ma ch'importa se è lontano» all'amica fe' il nasello.
«tu non sai che all'altra sponda c'è un paese assai più bello!
Più lontan dell'Inghilterra, più vicin della Lorena
Non temere né esitare, vieni e danza di gran lena!

Non restare lì di stucco se raggiungerci vorrai.
Cosa fai, non vuoi danzare? Vuoi danzare sì o no?
Cosa fai, non vuoi danzare? Vuoi danzare sì o no?»".

«Grazie, è un bel ballo» disse Alice, lieta che fosse finito, «e poi quel canto curioso del nasello mi piace tanto!».

«A proposito di naselli» disse la Finta Tartaruga, «ne hai visti, naturalmente?».

«Sì» disse Alice, «li ho visti spesso a tavo...» e si mangiò il resto.

«Non so dove sia Tavo» disse la Finta Tartaruga, «ma se li hai visti spesso, sai che cosa sono».

«Altroché!» rispose Alice meditabonda, «hanno la coda in bocca e sono mollicati».

«Ma che molliche!» ribatté la Finta Tartaruga. «Le molliche verrebbero spazzate via dal mare. Però hanno la coda in bocca; e la ragione è questa...».

E dopo questo la Finta Tartaruga sbadigliò e chiuse gli occhi.

«Digliela tu la ragione» disse al Grifone.

«La ragione è la seguente» proseguì il Grifone. «Essi vollero andare alla Quadriglia e quindi furono buttati in mare. Fecero la capriola molto al di là, tennero stretta la coda fra i denti e poi non riuscirono a distaccarsela più. Questo è tutto».

«Grazie» disse Alice, «molto interessante. Non ho mai saputo così tante cose sui naselli».

«Presto, facci un racconto delle tue avventure» disse il Grifone.

«Ne potrei raccontare cominciando da stamattina» disse timidamente Alice, «ma è inutile narrarvi quelle di ieri, perché… ieri ero un'altra».

«Come un'altra? Spiegaci» disse la Finta Tartaruga.

«No, no! Prima le avventure» esclamò il Grifone impaziente, «le spiegazioni occupano troppo tempo».

Così Alice cominciò a raccontare le proprie vicissitudini, dal momento dell'incontro col Bianconiglio; ma presto cominciò a sentirsi un po' a disagio, poiché le due bestie le si stringevano ai fianchi, spalancando gli occhi e le bocche. La bambina poco dopo riprese coraggio. I suoi uditori si mantennero tranquilli sino a che lei giunse alla ripetizione del *Sei vecchio, caro babbo*, da lei fatta al Brucaliffo. Siccome i versi le venivano differenti da quelli originali, la Finta Tartaruga cacciò un gran sospiro, e disse:

«È molto curioso!».

«È più curioso che mai!» esclamò il Grifone.

«È uscito fuori assolutamente diverso!» aggiunse la Finta Tartaruga, meditabonda. «Vorrei che lei ci recitasse qualche cosa ora. Dille di cominciare».

E guardò il Grifone, pensando che egli avesse qualche specie d'autorità su Alice.

«Alzati in piedi» disse il Grifone, «e recita *Il pigrone*».

"Oh, queste bestie non fanno altro che dare ordini e impartire lezioni!" pensò Alice. "Sarebbe stato meglio andare a scuola!".

Seppur controvoglia, si alzò e cominciò a ripetere la canzone; ma la sua testolina era così piena di aragoste e di quadriglie che non sapeva cosa le uscisse dalla bocca, e i versi le venivano male:

"*Ha parlato l'Aragosta, l'ho sentita dire lesta:*
«Forse troppo m'hai dorato, ho lo zucchero anche in testa».
Come l'anatra, con l'occhi, così lei col proprio naso
stringe forte la sua cinghia e spunta fuori un dito a caso...
Se le sabbie sono asciutte, ride in toni compiaciuti,
e agli squali non risparmia prese in giro e motti arguti:
Ma se la marea riporta quei pescioni inferociti
la sua voce si riduce a dei tremori intimiditi".

«Ma... questo è tutto diverso da quello che recitavo da bambino» disse il Grifone.

«È la prima volta che sento questa roba» osservò la Finta Tartaruga, «ed è una vera sciocchezza!».

Alice non rispose: se ne stava con la faccia tra le mani, sperando che le cose tornassero finalmente al loro corso naturale.

«Vorrei che me lo spiegassi» disse la Finta Tartaruga.

«Non sa spiegarlo» disse il Grifone, «va' avanti la seconda strofa».

«A proposito di dita dei piedi» continuò la Finta Tartaruga, «come poteva arrivarci, col naso, per giunta?».

«È la prima posizione nel ballo...» disse Alice; ma era tanto confusa che non vedeva l'ora di cambiare discorso.

«Continua la seconda strofa» replicò il Grifone con impazienza. «Comincia: "*Nel giardino son passato...*"».

Alice non osò disubbidire, benché sicura che l'avrebbe recitata tutta al rovescio, e continuò tremante:

"*... notando con l'occhietto,*
che il Gufo e la Pantera eran pronti pe' 'l banchetto...".

«Perché recitarci tutta questa robaccia?» la interruppe la Finta Tartaruga. «Nemmeno ce la spieghi! Fai solo tanta confusione!».

«Sì, sarebbe meglio piantarla» disse il Grifone. E Alice fu più che lieta di terminare.

«Vogliamo provare un'altra figura della Quadriglia delle Aragoste?» continuò il Grifone. «O preferiresti, invece, che la Finta Tartaruga cantasse qualcosa?».

«Oh sì, se la Finta Tartaruga ne ha voglia!» rispose Alice, ma con tanta premura che il Grifone, offeso, gridò: «Ah, tutti i gusti sono gusti. Amica, cantaci la canzone della *Zuppa di tartaruga*».

La Finta Tartaruga e sospirò profondamente, e con voce soffocata dai singhiozzi cantò così:

"*Bella zuppa così verde*
pronta dentro al pentolino,

chi ti vede e non si perde
nel piacere più divino?

Zuppa cara, bella zuppa,
zuppa cara, bella zuppa,
bella zuppa, bella zuppa,
zuppa cara,
bella bella bella zuppa!

Bella zuppa, chi è il meschino
che vuol pesce, caccia od altro?
Sol di zuppa un cucchiaino
preferir usa chi è scaltro.

Solo un cucchiain di zuppa,
cara zuppa, bella zuppa,
cara zuppa, bella zuppa,
zuppa cara,
bella bella bella zuppa!".

«Ancora il coro!» gridò il Grifone.

La Finta Tartaruga si preparava a ripeterlo, quando da lontano si udì una voce:

«Comincia il processo!».

«Vieni, vieni!» gridò il Grifone, prendendo Alice per mano e fuggendo con lei senza aspettare la fine.

«Che processo?» domandò Alice; ma il Grifone le rispose «Vieni!» correndo più veloce, mentre il vento portava più flebili i malinconici versi:

"Zuppa cara,
bella bella bella zuppa!".

11
CHI HA RUBATO LE TORTE?

Arrivati a destinazione, videro il Re e la Regina di Cuori seduti sul trono, circondati da una gran folla di uccellini, di bestioline e da tutto il mazzo di carte. Il Fante stava davanti, incatenato, con due soldati ai suoi lati: accanto al Re c'era il Bianconiglio con una tromba nella mano destra e un rotolo di pergamena nella sinistra. Nel mezzo della corte c'era un tavolo, con un gran vassoio di torte in apparenza così squisite che ad Alice venne l'acquolina in bocca.

"Vorrei che il processo finisse presto" pensò Alice, "in modo che vengano servite le torte!".

Ma nel frattempo nessuno si muoveva, così cominciò a guardare intorno per ammazzare il tempo. Alice non aveva mai visto un tribunale, ma ne aveva letto qualche cosa nei libri, e fu lieta di riconoscere le figure che scorgeva.

«Quello è il giudice» disse fra sé, «perché porta quel gran parruccone. E quello è il banco dei giurati… e quelle dodici creature» doveva dire "creature" perché alcune erano quadrupedi, e altre uccelli, «sono sicuramente i giurati».

E ripeté queste parole due o tre volte, beandosi delle proprie conoscenze, perché giustamente era convinta che pochissime ragazze della sua età sapessero tanto.

I dodici giurati erano affaccendati a scrivere su delle lavagne.

«Che fanno?» bisbigliò Alice nell'orecchio del Grifone. «Non dovrebbero avere nulla da scrivere dal momento che il processo non è ancora cominciato».

«Scrivono i loro nomi» bisbigliò il Grifone, «temono di dimenticarseli prima della fine del processo».

«Che stupidi!» esclamò Alice sprezzante, ma tacque subito, perché il Bianconiglio, esclamò: «Silenzio in corte!» e il Re inforcò gli occhiali, mettendosi a guardare con ansia verso ogni lato per scoprire i disturbatori.

Alice vedeva bene, come fosse lì a due passi, che scrivevano "*stupidi*", sulle lavagne: osservò anche che uno di loro non sapeva sillabare "*stupidi*" e domandava al vicino come si scrivesse.

"Le lavagne saranno tutte uno scarabocchio prima della fine del processo!" pensò Alice.

Un giurato aveva una matita che strideva. Alice, non potendo resistervi, girò intorno al tribunale, gli giunse alle spalle e gliela strappò di sorpresa. Lo fece con tanta rapidità che il povero giurato – era Guglielmo, la Lucertola – non seppe più che fine avesse fatto la matita. Dopo aver girato qua e là per ritrovarla, fu costretto a scrivere col dito tutto il resto della giornata. Ma a che pro, se il dito non lasciava traccia sulla lavagna?

«Usciere! Leggete l'atto d'accusa» disse il Re. Allora il Bianconiglio diede tre squilli di tromba, poi spiegò il rotolo della pergamena, e lesse così:

"La Regina di Cuori
fece le torte in tutto un dì d'estate:
Tristo, il Fante di cuori
di nascosto le torte ha trafugate!".

«Ponderate il vostro verdetto!» disse il Re ai giurati.

«Non ancora, non ancora!» lo interruppe con enfasi il Bianconiglio. «Ci sono molte cose da fare prima!».

«Chiamate il primo testimone» disse il Re; il Bianconiglio diede tre squilli di tromba e chiamò:

«Il primo testimone!».

Il testimone era il Cappellaio Matto. Si fece avanti con una tazza di tè in una mano e una fetta di pane imburrato nell'altra.

«Domando perdono alla maestà vostra» disse, «se vengo con le mani impegnate; ma non avevo ancora finito di prendere il tè quando sono stato chiamato».

«Avreste dovuto finire» rispose il Re. «Quando avete cominciato a prenderlo?».

Il Cappellaio Matto guardò la Lepre Marzolina che lo aveva seguito a corte, a braccetto col Ghiro.

«Credo che fosse il quattordici di marzo» disse il Cappellaio.

«Il quindici» esclamò la Lepre.

«Il sedici» aggiunse il Ghiro.

«Scrivete così» disse il Re ai giurati. E i giurati si misero a scrivere prontamente sulle lavagne, e poi sommarono i giorni riducendoli in scellini e penny.

«Toglietevi il cappello» disse il Re al Cappellaio Matto.

«Non è mio» rispose questi.

«È rubato allora!» esclamò il Re rivolgendosi ai giurati, i quali subito annotarono il fatto.

«Li tengo per venderli» aggiunse il Cappellaio Matto per spiegare la cosa. «Non ne posseggo nessuno. Faccio il cappellaio».

La Regina inforcò gli occhiali, e cominciò a fissare il Cappellaio Matto, che diventò pallido dallo spavento.

«Narraci quello che sai» disse il Re, «e non aver paura... o ti farò decapitare immediatamente».

Queste parole non incoraggiarono il testimone, che non si reggeva più in piedi. Guardava con angoscia la Regina, e nella confusione addentò la tazza invece del pane imburrato. Proprio in quel momento, Alice provò una strana sensazione, che la sorprese molto finché non ne capì il motivo: cominciava a crescere di nuovo. Pensò di lasciare il tribunale, ma poi riflettendoci meglio decise di rimanere finché per lei ci fosse stato spazio.

«Perché mi urti così?» disse il Ghiro che le sedeva vicino.

«Mi manca il respiro. Che ci posso fare?» disse affabilmente Alice. «Sto crescendo».

«Tu non hai diritto di crescere, qui!» urlò il Ghiro.

«Non dire delle sciocchezze» gridò Alice, «anche tu cresci».

«Sì, ma io cresco con un ritmo ragionevole» soggiunse il Ghiro, «e non in quella maniera ridicola».

Brontolando si alzò e andò a mettersi dall'altro lato. Intanto la Regina non aveva mai distolto lo sguardo dal Cappellaio Matto e mentre il Ghiro attraversava la sala del tribunale, disse a un usciere:

«Dammi la lista dei cantanti dell'ultimo concerto!».

A quest'ordine il Cappellaio si mise a tremare così tanto che le scarpe gli sfuggirono dai piedi.

«Narraci quello che sai» ripeté adirato il Re, «o ti farò tagliare la testa, che tu abbia paura o meno».

«Maestà, sono un povero disgraziato» cominciò il Cappellaio Matto con voce tremante, «e ho appena cominciato a prendere il tè... non è ancora una settimana... e in quanto al pane col burro che si assottiglia, e al tremolio del tè...».

«Che tremolio?» esclamò il re.

«Il tremolio cominciò con un tè» rispose il Cappellaio Matto.

«Certo che "tremolio" comincia con una T!» disse vivamente il Re. «M'hai preso per un allocco? Continua».

«Sono un povero disgraziato» continuò il Cappellaio, «e dopo il tè tremavamo tutti... solo la Lepre Marzolina disse...».

«Non dissi niente!» lo interruppe in fretta la Lepre.

«Sì che lo dicesti!» disse il Cappellaio Matto.

«Lo nego!» replicò la Lepre Marzolina.

«Lo nega» disse il Re. «Avanti, lasciamo perdere».

«Bene, a ogni modo il Ghiro disse...».

E il Cappellaio Matto guardò il Ghiro per vedere se anche lui volesse dargli una smentita: ma quello, profondamente addormentato, non negava proprio nulla.

«Dopo di ciò» continuò il Cappellaio, «mi preparai un'altra fetta di pane col burro...».

«Ma che cosa disse il Ghiro?» domandò un giurato.

«Non riesco a ricordarlo» disse il Cappellaio Matto.

«*Devi* ricordartelo» disse il Re, «sennò ti farò tagliare la testa».

L'infelice Cappellaio lasciò cadere la tazza, il pane imburrato e le ginocchia a terra, e implorò:

«Sono un povero mortale!».

«Sei un povero oratore, semmai» disse il Re. Qui un Porcellino d'India fece un applauso, che venne subito represso dagli uscieri del tribunale. Ed ecco come: presero un sacco che si legava con due corde all'imboccatura; ci fecero entrare a testa in giù il Porcellino e gli uscieri vi si sedettero sopra.

"Sono contenta di avere assistito" pensò Alice. "Ho letto tante volte nei giornali, alla fine dei processi:

Vi fu un tentativo di applausi, subito represso dal presidente; ma non avevo mai compreso che cosa volesse dire".

«Se è questo tutto quello che sai» disse il Re, «puoi ritirarti».

«Non posso ritirarmi» disse il Cappellaio Matto, «sono già fin troppo magro».

«Allora siediti» disse il Re. Qui un altro Porcellino d'India fece un applauso, ma fu represso.

«Addio Porcellini d'India! Non vi vedrò più!» disse Alice. «Ora si andrà avanti più facilmente».

«Vorrei piuttosto finire il tè» disse il Cappellaio, guardando angosciato la Regina, la quale leggeva la lista dei cantanti.

«Puoi andare...» disse il Re, e il Cappellaio Matto lasciò frettolosamente il tribunale, senza nemmeno rimettersi le scarpe.

«... e tagliategli la testa» aggiunse la Regina, volgendosi a un ufficiale; ma il Cappellaio era già sparito prima che l'ufficiale arrivasse alla porta.

«Chiamate l'altro testimone!» gridò il Re.

L'altro testimone era la cuoca della Duchessa. Aveva il vaso del pepe in mano, e Alice indovinò chi fosse anche prima di vederla, perché tutti quelli vicini all'ingresso cominciarono a starnutire.

«Che cosa sai?» disse il Re.

«Niente» rispose la cuoca.

Il Re guardò con ansietà il Bianconiglio che mormorò: «Maestà, fatele delle domande».

«Bene, se devo farle, le farò» disse il Re; dopo aver incrociato le braccia sul petto e spalancati gli occhi verso la cuoca, disse con voce profonda: «Di che cosa sono composte le torte?».

«Di pepe, per la maggior parte» rispose la cuoca.

«Di melassa» soggiunse una voce sonnolenta dietro di lei.

«Afferrate quel Ghiro!» gridò la Regina. «Tagliategli il capo! Fuori quel Ghiro! Sopprimetelo! Schiacciatelo! Strappategli i baffi!».

Per qualche istante il tribunale fu una Babele, mentre il Ghiro veniva afferrato; quando l'ordine fu ristabilito, la cuoca era scomparsa.

«Non importa» disse il Re con aria di sollievo. «Chiamate l'altro testimone». E bisbigliò alla Regina: «Cara mia, l'altro testimone dovresti esaminarlo tu. A me fa male la testa».

Alice stava osservando il Bianconiglio che esaminava la lista, curiosa di vedere chi fosse mai l'altro testimone.

«La verità è che non hanno ancora una prova» disse fra sé. Figurarsi la sua sorpresa, quando il Bianconiglio chiamò con voce stridula:

«Alice!».

12
La testimonianza di Alice

«Presente!» rispose Alice.

Dimenticando – nella confusione di quegli istanti – di essere cresciuta enormemente, saltò con tanta fretta che col lembo della sua veste rovesciò il banco dei giurati, i quali capitombolarono con la testa in giù sulla folla, restando con le gambe in aria. Questo le rammentò il maldestro urto dato, la settimana prima, a una boccia di vetro con dei pesci rossi.

«Oh, vi prego di scusarmi!» esclamò lei con voce angosciata e cominciò a raccoglierli con molta sollecitudine, perché – pervasa dal ricordo dei pesciolini – pensava di doverli prontamente raccogliere e rimetterli sul loro banco per evitare che morissero.

«Il processo» disse il Re con voce grave, «non può andare avanti se tutti i giurati non saranno al loro posto… dico *tutti*» soggiunse con energia, guardando fisso Alice.

Lei guardò il banco dei giurati, e vide che nella fretta aveva rimesso la Lucertola a testa in giù. La poverina agitava malinconicamente la coda, non potendosi muovere. Subito la raddrizzò.

«Non che serva a qualcosa» disse fra sé, «perché tanto questo è un processo senza capo né coda».

Appena i giurati si furono rimessi dalla caduta, riottenendo in consegna le lavagne e le matite, cominciarono a scarabocchiare in tutta fretta la storia del loro ruzzolone, tranne la Lucertola, che era ancora stordita e sedeva a bocca spalancata, guardando il soffitto.

«Che cosa sai di questo affare?» domandò il Re ad Alice.

«Niente» rispose Alice.

«Proprio niente?» replicò il Re.

«Proprio niente» confermò Alice.

«Davvero significativo» disse il Re, volgendosi ai giurati.

Essi si accingevano a scrivere sulle lavagne, quando il Bianconiglio li interruppe:

«*Insignificante*, intende certamente vostra Maestà» disse con voce rispettosa, ma aggrottando le ciglia e facendo una smorfia mentre parlava.

«Insignificante, già, è quello che intendevo» soggiunse in fretta il Re; e poi si mise a dire a bassa voce: «Significativo, insignificante, significativo...» come se volesse provare quale delle due parole sonasse meglio.

Alcuni dei giurati scrissero "significativo", altri "insignificante".

Alice poté vedere perché era vicina, e poteva sbirciare sulle lavagne:

"Ma non importa" pensò.

Allora il Re, che era stato occupatissimo a scrivere nel suo taccuino, gridò:

«Silenzio!» e lesse dal suo libricino: «*Norma quarantaduesima: ogni persona la cui altezza supera il miglio deve uscire dal tribunale*».

Tutti guardarono Alice.

«Io non sono alta un miglio» disse Alice.

«Sì che lo sei» rispose il Re.

«Quasi due miglia d'altezza» aggiunse la Regina.

«Beh non m'importa, non andrò via» disse Alice. «Inoltre quella è una norma nuova; l'avete inventata adesso».

«Cosa? È la più vecchia norma del libro!» rispose il Re.

«Allora dovrebbe essere la prima» disse Alice.

Allora il Re diventò pallido e chiuse in fretta il libricino.

«Ponderate il vostro verdetto» disse volgendosi ai giurati, ma con voce sommessa e tremante.

«Maestà, ci sono altre testimonianze» disse il Bianconiglio balzando in piedi. «Proprio adesso abbiamo trovato questo foglio».

«Che contiene?» domandò la Regina.

«Non l'ho aperto ancora» disse il Bianconiglio, «ma sembra una lettera scritta dal prigioniero a... a qualcuno».

«Dev'essere così» disse il Re, «salvo che non sia stata scritta per nessuno, il che generalmente non avviene».

«A chi è indirizzata?» domandò uno dei giurati.

«Non ha indirizzo» disse il Bianconiglio, «infatti non c'è scritto nulla di fuori».

Aprì il foglio mentre parlava, e aggiunse:

«Dopotutto non è una lettera; è una filastrocca in versi».

«È frutto della mano del prigioniero?» domandò un giurato.

«No, no» rispose il Bianconiglio, «questo è ancora più strano».

I giurati si guardarono confusi.

«Forse ha imitato la scrittura di qualcun altro» disse il Re.

I giurati si schiarirono.

«Maestà» disse il Fante, «io non li ho scritti, e nessuno potrebbe provare il contrario. E poi non c'è alcuna firma in fondo».

«Il non aver firmato» rispose il Re, «non fa che aggravare il tuo delitto. Tu intendevi proprio commettere un reato, sennò avresti firmato il foglio come tutte le persone leali!».

Vi fu un applauso generale, e a ragione, perché quella era la prima frase di spirito detta dal Re in quel giorno.

«Questo prova la sua colpa» affermò la Regina.

«Non prova niente» disse Alice.

«Ma se non sai neppure ciò che contiene il foglio!».

«Leggilo!» disse il Re.

Il Bianconiglio si mise gli occhiali e domandò:

«Maestà, di grazia, da dove devo incominciare?».

«Comincia dal principio...» disse solennemente il Re, «e continua fino alla fine, poi fermati».

Questi erano i versi che il Bianconiglio lesse:

"Mi han detto che da lei eri tu partito,
e a lui mi volesti pur rammentare;
quindi ella mi dette un gran benservito
dicendo: «Non sai, tu, nemmeno nuotare».

Poi, disse lui, io non ci ero andato
– negare non posso, chi non lo sa? –
se tale questione lei avanti ha portato,
oh, dimmi allor, di te che sarà?

Una a lei diedi, lor due persino,
tu tre me ne desti e forse anche più;
ma tutte tornaron, che strano destino,
ed eran mie tutte, non lo sai tu?

Se lei ed io per caso, in questo affare
misterioso involti noi ci vedrem,
d'esser liberato lui ci può contare
e con noi stare finalmente assiem.

Ho questa idea, prima dell'accesso,
– già tu sai, un attacco la colpì –
un ostacol per lui, per noi, per esso
fosti tu solo in quel fatal dì.

Ch'egli non sappia chi lei predilige

– che questo segreto bisogna tener –
niuno lo sappia, perché qui vige
l'impenetrabile vel del mister".

«Questo è il più importante documento di accusa» disse il Re stropicciandosi le mani. «Ora i giurati si preparino».

«Se qualcuno potesse spiegarmelo» disse Alice, la quale era talmente cresciuta in quegli ultimi minuti che non aveva più paura d'interrompere il Re, «gli darei qualche penny. Non credo che ci sia in esso neppure un atomo di senso».

I giurati scrissero tutti sulla lavagna:

"*Ella non crede che vi sia in esso neppure un atomo di senso*".

Ma nessuno cercò di spiegare il significato del foglio.

«Se non c'è un significato» disse il Re, «usciamo da un monte di fastidi, perché non è necessario trovarvelo. Eppure non so» continuò aprendo il foglio sulle ginocchia e sbirciandolo, «ma mi pare di scoprirvi un significato, dopo tutto... "*non sai, tu, nemmeno nuotare*". Tu non sai nuotare, non è vero?» continuò volgendosi al Fante.

Il Fante scosse tristemente la testa e disse:

«Vi pare che io possa nuotare?».

Certamente, no, poiché era fatto di cartone.

«Bene, fin qui» disse il Re, e continuò: «"*Negare non posso, chi non lo sa?*". Questo è senza dubbio per i giurati: "*Una a lei diedi, lor due persino*". Questo spiega l'uso fatto delle torte, capisci...».

«In realtà» disse Alice, «continua con le parole: "*Ma tutte tornaron*"».

«Già, esse sono là» disse il Re con un'aria di trionfo, indicando le torte sul tavolo. Nulla di più chiaro.

Poi continua: "*Già tu sai, un attacco la colpì*". Tu non hai mai avuto degli *attacchi* nervosi, cara mia, non è vero?» soggiunse volgendosi alla Regina.

«Mai!» gridò furiosa la Regina, e scaraventò un calamaio sulla testa della Lucertola.

Povero Guglielmo! Aveva cessato di scrivere sulla lavagna col dito, perché s'era accorto che non ne rimaneva traccia; e in quell'istante si rimise sollecitamente all'opera, usando l'inchiostro che gli scorreva sulla faccia, e l'usò finché ne ebbe.

«Dunque a te questo verso non si *attacca*» disse il Re, guardando con un sorriso il tribunale. Ma vi fu gran silenzio. «È un gioco di parole!» aggiunse il Re con voce irata, e tutti allora risero. «Che i giurati ponderino il loro verdetto» ripeté il Re, forse per la ventesima volta quel giorno.

«No» disse la Regina. «Prima la sentenza, poi il verdetto».

«È una sciocchezza!» esclamò Alice. «Che idea, sentire prima la sentenza!».

«Taci!» gridò la Regina, tutta porpora in viso.

«Non voglio tacere!» replicò Alice.

«Tagliatele la testa!» urlò la Regina con quanta voce aveva. Ma nessuno si mosse.

«Ma chi ti credi di essere?» disse Alice, cresciuta ormai fino alla sua statura naturale. «Non sei che la Regina d'un mazzo di carte!».

A queste parole tutto il mazzo si sollevò in aria vorticosamente e poi si rovesciò sulla fanciulla: essa diede uno strillo di paura e d'ira, e cercò di respingerlo da sola, ma si trovò sulla collina, col capo sulle ginocchia di sua sorella, la quale le toglieva con molta delicatezza alcune foglie secche che le erano cadute sul viso.

«Risvegliati, Alice cara» le disse la sorella, «da quanto tempo dormi, tesoro!».

«Oh! Ho fatto un sogno così curioso!» disse Alice, e raccontò alla sorella come meglio poté, tutte le strane avventure che avete letto; e quando finì, la sorella la baciò e disse:

«È stato davvero un sogno curioso, cara. Ma ora, va' subito a prendere il tè; è già tardi».

E così Alice si alzo e andò via, pensando, mentre correva, al suo sogno meraviglioso.

Sua sorella rimase con la testa poggiata al palmo della mano, tutta intenta a guardare il sole al tramonto, pensando alla piccola Alice e alle sue avventure meravigliose finché anche lei si mise a sognare, e fece un sogno simile a questo…

Prima di tutto sognò la piccola Alice, con le sue manine delicate congiunte sulle sue ginocchia e coi grandi occhioni lucenti che la fissavano. Le sembrava di sentire il suono reale della sua voce, e di vedere quella caratteristica mossa della sua testolina quando rigettava indietro i capelli che le velavano gli occhi. Mentre era tutta intenta ad ascoltare, o almeno a lei pareva di ascoltare, tutto il luogo intorno a lei si popolò delle strane creature del sogno di sua sorella.

L'erba rigogliosa frusciava ai suoi piedi, mentre il Bianconiglio passava trotterellando e il Topo impaurito s'apriva a nuoto una via attraverso lo stagno vicino. Ella poteva sentire il rumore delle tazze mentre la Lepre Marzolina e i suoi amici partecipavano al pasto perpetuo; udiva la stridula voce della Regina che mandava i suoi invitati a morte. Ancora una volta il bimbo-porcellino starnutiva sulle ginocchia della Duchessa, mentre le stoviglie e i piatti volavano e s'infrangevano intorno; udiva l'urlo del Grifone, lo stridore della matita della Lucertola sulla lavagna, la repressione dei Porcellini d'India… l'aria era piena anche dei singhiozzi lontani della Finta Tartaruga. Si sedette, con la vista parzialmente velata. Quasi si convinse di trovarsi nel paese delle meraviglie benché sapesse che, aprendo gli occhi, tutto sarebbe mutato nella triste realtà. Avrebbe sentito l'erba frusciare al soffiar del vento, avrebbe visto lo stagno incresparsi all'ondeggiare delle canne. Il crepitio delle tazze sarebbe mutato nel tintinnio della campana delle pecore, e la stridula voce della Regina nella voce del pastorello, e gli starnuti del bimbo, l'urlo del Grifone e tutti gli altri curiosi rumori sarebbero mutati

– lei lo sapeva – nel rumore confuso d'una fattoria, così come il muggito lontano dei branchi avrebbe sostituito i profondi singhiozzi della Finta Tartaruga.

Finalmente essa immaginò come sarebbe stata la sorellina una volta cresciuta e diventata donna: Alice avrebbe conservato nei suoi anni maturi il cuore affettuoso e semplice dell'infanzia e avrebbe raccolto intorno a sé altre fanciulle, facendo loro risplendere gli occhi, allietandole con molte strane storielle e forse ancora col suo sogno di un tempo: le sue avventure nel paese delle meraviglie. Con quanta tenerezza avrebbe lei stessa partecipato alle loro innocenti afflizioni, e con quanta gioia alle loro gioie, ricordando i beati giorni dell'infanzia e le felici giornate estive!

FINE

INDICE

alter ego

Finito di stampare nel mese di giugno 2020
presso Creative 3.0 s.r.l., Reggio Calabria (RC)
per Utterson s.r.l.